布衣神相

◎著 温瑞安

作家出版社

第叁卷

目录·第叁卷

·死人手指

·翠羽眉

　　那美极了的少女对他笑了一笑。这时候，午时刚过，李布衣正在道上，盘算多走一程，在前镇落脚，还是在这"大方门"的小庄院先做生意？但那少女明眸皓齿，偏着头侧看瓜子脸这般一笑，玉坠扇子一般的在金花花的阳光下一映，煞似大热天的一阵冰凉清甜。李布衣想：也罢，就在这庄里先替人解解凶吉再说。

　　那女子十分年轻，因为貌美的关系，更愈发娇滴滴，很有一种骄气，好像一座园子里的花都教她这一朵开尽了似的。李布衣笑笑，往"大方门"的城楼走去，那少女对他眨眨眼睛，蓦地掠上了楼堞。

　　李布衣笑道："哦，轻功真不错……"忽然之间，他看到城楼上贴满了幡旗，黑字白布，都是些追悼的句子，显然是治丧期中。李布衣敛了一下心神，知道此处乃吊祭一庄显要之人，就在这时，几声呼啸，两道人影，飞袭而下，前面一人，一刀剁向他左足腿胫，后面的人，十指扣向他双肩臂胛。

　　这两下突击都十分之快，就算面对面地出手，只怕能躲得开去的人也不多。但在这刹那间，前面人，一刀砍向后面那人，后面那人，双手扣向前面那人，这都是因为中间的李布衣倏然不见了。

　　那两人也确是好手，后面那人一抬足，及时踏住了单刀；前面的人左臂一架，封住了十指制穴。

　　李布衣滑开七尺，笑道："两位……"话未谈到半句，猝地头顶上又掠起一道风声。

　　刀风。

　　李布衣一低头，刀风贴后脑而过，但另一道刀风又向他脑袋劈下来！

前面那两人出手暗算，但都未曾下杀手，李布衣故也没有还手，这人一刀不着，竟恼了火，下一刀就是要命的，只听那出手点穴的人叫道："三妹，不可——"但刀光一敛，那把刀已到了李布衣手里。

李布衣倒飞九尺，微微笑道："女孩儿家，出手忒也狠辣……"原来这居高临下劈他两刀的人，就是那个刚才对着他笑，明媚得春花也似的穿白衣黑花边服的女孩。她手中有两柄短刀，正是武林中女子惯使的蝴蝶双刀。只是此刻她手中只剩下一柄刀。

另一柄却在李布衣手里。

这女子跺足道："大哥，你看，你叫我停手，刀却给人家抢了！"

那空手的男子比较持重，便说："你明明没停手嘛！人家只夺了你的刀，也没伤害你。"

这女子噘着樱唇装哭道："大哥，做妹妹的给人欺负，你还护着人家！"

那男子脸色整了整，道："问清楚再打未迟——"另一个手执单刀的男子却说："还问什么？这人假扮相士，身怀武功，潜入方门，还有什么意图？让我三五招把他擒下，到时由不得他不说！"这人刀眉斜飞入鬓，白净高大，相貌堂堂，显然比那空手的男子年轻，但神态间十分倨傲。两人都穿着麻衣，那女子也戴着白花。

李布衣干咳一声，道："借问一声，兄台说乔装打扮相士的人，是不是在下？"

那年轻男子冷笑一声，仰鼻游目一扫，冷冷地道："难道这儿还有第二个假算命的不成？"

李布衣说："那是说在下……不过，在下替人消灾解难已十几年，被人说过骗饭吃、不灵光，却没听人说过相师这一门也有人冒充的。"他笑笑又说，"做这行的，不见得是光宗耀祖的事。"

那年轻汉子怒道："你还狡辩！"踏步冲前，单刀一起，身形陡止，李布衣一看，不禁也打从心里喝了一声采！

原来这青年冲过来时，确是怒气冲冲，但一冲近敌人，立即保持高手相搏气度，既不心乱也不气乱，"独劈华山"之势，俨然名门正派子弟风度。李布衣说了一声"好！"那人已一刀劈下。

这一刀劈下，看似一招，但内中隐含"犀牛望月""雪花盖顶""喝断长桥""师姑担伞""白蛇吐信""伏手旋风""小鬼拿旗"七式，李布衣一看，倏一伸手，竹竿搭在刀头上。这小小一把竹竿，在那青年感觉里重逾千斤，别说那七式一招都攻不出去，而且连出刀收刀也毫无办法。他强力撑着，一张脸已涨得通红。

那赤手空拳的大汉，见势不妙，也抽出朴刀扑来。李布衣忽叱道："好'拦门寨刀法'！三位少侠可是'刀气纵横'方信我方老侠的高徒！？"

李布衣这一声叱，果然生效，持棹刀的汉子和拿蝴蝶刀的女子，都对望了一眼，住了手，拿棹刀的沉实青年汉子抱拳问："尊驾是谁？如何认得先父？"他见李布衣一招间道破来历，心中不免暗自惊讶。

那倨傲青年运力提刀，却举不下，满脸涨得通红，想破口大骂偏生又一口气喘不过来。那女子却叱道："有什么稀奇！那老贼派来的人，自然知道我们是谁了！大哥你别信他的胡诌……"

李布衣一笑，遽然收回竹竿。那倨傲青年猛觉阻力一空，他正全力拔刀，当时"呼"的一声，冲起丈高，他这脚未沾地，便骂道："他妈的妖邪——"话未说完，一口真气周转不过来，"啪"地摔了个仰八叉！

"大哥"却摇头说："尊驾是谁？若不说明，恕在下等无礼。"

李布衣望了望自己旗杆上的字，苦笑道："我早写明字号了，方少侠又何必再问？"

那汉子看看旗杆上"神相李布衣"，道："你真的是江湖相士？"

李布衣笑道："如假包换，除了看面相、手相，也略涉堪舆占卜筮批望气，贵庄山势秀丽端庄，水流曲折缓秀，山环水抱，拱护有情，藏风得水，不论目观气察，尽得峦头、理气之吉……我因未知贵庄办丧，无意冒犯，便向各位拜罪。"说着，长长一揖。

李布衣说出"大方门"的山水形势，算是"露了一手"，那女子却听不懂，问："他说什么？"

那"大哥"也回礼道："却不知阁下如何识得先父？"

李布衣笑道："令尊翁将刀法修炼成无形刀气，行侠仗义，天下皆知，我这等跑江湖的，若未听过，那就寸步难行了……再说，令尊协从李东阳大学士普行德政，人所尊仰，在下自是钦仪了。"

李布衣这一番赞美，三人大是受用。那"大哥"道："我们也有不是之处。因知有奸邪之徒趁先父悼丧之日来犯……故此设下重关，以诛妖邪，却不料误惊扰了先生。"

李布衣微注目讶道："有妖徒来犯么？……老太爷……？"

那"大哥"哀叹一声道："爹他老人家不幸在前日谢世。今日治丧，料他仇家必来夺三妹……故此——"

李布衣奇道："'三妹'？是怎么一回事？"

那女子瞪了他一眼，向"大哥"道："哥哥，别理他。咱们应付得了，不要人帮忙。"

那"大哥"道："这位先生好身手，若有他仗义相助，不愁……"

那倨傲青年却重重哼了一声道："大哥你也忒没志气！咱们的事，咱们料理，谁知道别人明说帮助，暗里是何居心！别看我们年轻，以为咱们十二三当家啥事不懂，嘿，嘿！"

李布衣笑道："方少侠哪里的话……"心想无谓惹这股闲事，但又见三人年轻俊秀，奇难将临，未必能渡灾劫，不禁便叹了一声，"可惜我与方老侠悭缘一晤，今日想瞻仰老侠遗容，亦不可得——"

那"大哥"道："先生快莫如此说。请上庄去，晚辈等薄备茶水……"

李布衣正容道："这儿是'大方门'，那么便是在江湖上饮誉已久的'大方庄'吧？"

那"大哥"逐一引介道："是。我叫方离，二弟方休，三妹轻霞，冒犯先生处，请恕罪。"说着抱拳行礼，方轻霞水也似的眼睛向他瞟了瞟，方休却哼了一声，收起了刀。

方离喊了一声："才叔，有客来了。"上面有人应了一声，大概是执理丧事的仆人。方离当先引李布衣而行，穿入一所厅堂，李布衣便问："方老爷子一向清健，怎会忽然间……"

方离这时眉宇间现出忧愤之色，方休"啪"的一声，一掌击在墙上，悻悻道："都是刘破那老贼！"李布衣一听，微微吃了一惊。

刘破跟方信我、古长城，当年歃血为盟，并称"霹雳三义"，以方信我为老大，刘破是老么。古长城排行第二，为人鲁直固执，又十分粗鲁，一身武艺，但仍躬耕田园，不理外事。

方信我为人正义，跟李东阳大学士是旧交，一在庙堂，一在江湖，相应做事，很得民心。李东阳是天顺八年进士，历任翰林院编修、左庶子、侍读学士、太常少卿，孝宗弘治八年入阁，拜文渊阁大学士，加礼部尚书、太子少保，长谋略、善文章，时上疏前朝孝宗，痛陈黎民疾苦，多事改革。

但孝宗死后，武宗即位，这位正德皇帝品格尚在一般市井下三滥酒色之徒之下，除远贤臣、亲小人的德性外，外加好大喜功，这才真正劳民伤财，斫丧国家元气。他对正事不理，至于顾命老臣刘健、谢迁、李东阳的奏疏，全交给太监刘瑾受理。刘瑾、马永成、谷大用、张永、罗祥、魏彬、邱聚、高凤八名太监，重要事务是拍皇帝的马屁，并陪正德去捉蟋蟀、赶兔子、唱戏，到民间逛窑子、嫖妓女，外加强暴民女，私下对异己赶尽杀绝，暴敛私财，倒行逆施，无所不为。

刘破觅得时机，成为谷大用的"太监门生"，他虽一把年纪，但有了这等靠山，纵叫爹叫娘也不脸红。谷大用跟其他七人合称"八虎"，待刘健、李东阳、谢迁等三位大学士联合九卿诸臣上疏，求请罢"八虎"以振朝纲而挽国运，"八虎"一齐向十六岁的皇帝哭倒，表示因忠心待主致遭人所忌，皇帝一听：岂有此理，若杀了这八人，跟谁玩去？今日我做皇帝的再不给下马威，别给你们欺上头了！于是反而对"八虎"大封特封，其中一个官职，便是任用谷大用提督两厂。（"布衣神相"故事之《风雪庙》中的魏永，乃督十二营兼神机营，萧铁唐不慎说话冲撞了他，若无另一太监罗祥保住，早就脑袋搬家了。）

这一来，刘健、李东阳、谢迁见皇帝如此倒行逆施，只好上书求去，"八虎"当然也不会放过这些"眼中钉"。其中郎中李东阳暂被皇命作个意思的挽留，但亦完全失势。刘破附随谷大用，登时犹如水涨船高，以前跟他稍有嫌隙者，可谓给他恣肆报复。他对方信我，却是最恨：你得意成名时，我还连门儿都没有，所以才结义攀交情，今朝教我给熬出头来了，不好好整治你！

可是李东阳内方外圆，还在官场中留下来敷衍场面，刘破虽仗恃谷大用，但忌于李东阳威名，不敢直接抄方信我的家。方信我因此也退出江湖，隐于家中，希望能以此避祸。没想到，这一避，连世都避了。

李布衣心里感慨，来到灵堂前，默默行礼，心想：方老侠留下这几个年轻孩子，在刘破虎视眈眈下，可谓死难瞑目。想到这里，便向棺中的尸体深注。只见棺椁里方信我银眉白须，身形巍巨，脸耳居然似涂上一层白粉似的，五指直伸，拇指微翘，戴了只翠绿戒子，想是方氏三兄妹未忍封棺，对老父遗体要多看几眼。

李布衣退过一旁，垂手默然，方离这时才答他刚才问的话："刘破见爹爹得病，便过来提三妹的婚事……"

李布衣双眉一展："婚事？"他想到方轻霞虽活泼可爱，但也刁蛮得紧，谁娶了她，有得受了，心中不禁暗笑。

方离恨声道："刘破的两个儿子，一个愚骏白痴，一个常行奸淫良家妇女之事，爹怎会同意？但刘破说：这是谷大用谷公公的意属，爹既不能公然违命，只好拖下去，拖得几天，心情又气又急，便……唉！"

李布衣本来想这小姑娘刁蛮，教她悟守妇道也好，但对刘氏父子的仗势欺人，怎能坐视？当下微微笑问："所以几位就在大方门埋伏刘破派来的人手？"

方离垂首道："是。"

李布衣问："那么你们又何以得知刘破会冲在今天来呢？"

方离道："他说过，今天要爹把女儿交出来……"

方休冷笑道："他那种人，择日子也会择着今天来的！"

李布衣点头道："这倒是。"微游目四周，只见数个老家丁，其中一个相貌敦厚，便是方才。因问："方老侠的讣闻，没发出去么？怎么凭吊的人都没有来？"

方休恨恨地道："当大学士辅先王理朝政时，庭若闹市；被黜后，门可罗雀。刘破来寻衅后，连庄里门客都走个干净；而今爹已过世，谁还敢来？"

李布衣叹道："这也难怪，人在人情在，人死两分开，人少不免多为自己着想，免惹是非的了。"

方休傲慢地瞪着他道："你是怕事，就请及早走。"

李布衣转过去问方离道："古长城古二侠呢？他古道热肠，理应不是见利忘义之徒。"

方离说："古二叔当然会来，他还请得京师大侠司马挖一道来呢。"

李布衣"哦"了一声，只见方轻霞飞红了腮边，暗忖：难道这小妮子跟司马挖……？想想又绝无可能，司马挖已是四十来岁的人了，且纵情声色，这小妮子虽刁泼，但不失纯真，理应不致喜欢那一种人。

李布衣心中如此寻索，忠良之后，不能眼见他们遭人欺凌，这事也只好管定了。

方休却看李布衣大不顺眼，向方离道："大丈夫生死何足畏？刘破那老匹夫若是敢来，我们方家的人就和他拼了。最多不过一死，留得百年身后，岂不磊落？大哥你又何必向外人唠叨求救呢！"说着一副大义凛然的样子。

李布衣看看他，问："你若是英勇牺牲了，那你妹妹呢？"

方休怔了一怔，回首看看他妹妹，大声道："我妹妹宁死也不落入贼人之手的！"

李布衣注视他问："那你要她怎么做？"

方休略一寻思，把胸膛一挺道："方家英豪，自作了断，我绝不惧死！"

李布衣微笑笑道："我知你是好汉，不怕死，但你妹妹总不能陪你去死……"

方轻霞忍不住，眼泪盈眶，忍哭大声道："要是落入他们手中……我宁可一死。"

李布衣点了点头，道："那你们死，谁来保护令尊遗体呢？"方休、方轻霞都为之愣住。

方离长叹道："但愿古二叔、司马大侠早些前来，凭我们之力，实难招架刘破等……"

方休怒道："大哥，我们方家子弟，是何等盖世英雄，岂怕刘破那老贼！"

方轻霞也道："我们三兄妹，打他一个老贼，还真不怕他！"她生气时腮边的肌肉拉得如一张纸，飞抹酡红，更是美丽。

方离愁眉不展地道："单凭刘破老贼，我还不担心，但他的死党关大鳄，武功也怎地高绝，加上他那两个儿子，也真不好应付哪……"

方轻霞便说："我们也有人……我们有才叔！"

方休冷笑道："没有人又怎样？我可不怕。"他每一句话都说出自己不怕，倒像唯恐有人说他怕似的。

李布衣向方离问道："要是如此，老爷子一过身，你为何不早些暗自撤离此地？"

方离道："这里是祖业，不能撤离的。"

方休挺胸道："爹以前在此创立'大方门'，我们在此建起'小方派'！"说着一副拔刀而出，与人相斗的样子，李布衣瞧在眼里，暗叹一声，问方离："那为何不广邀武林人物，来助你们主持正义？"

方离微弱地道："发也没用，我知道没有人会来的。"

李布衣摇首道："难道你们就在门口伏击几个人算是防卫么？"

方离唉声叹气："除了这样，又能做些什么？"隔了一下，又说，"我们已发出了讣闻，要是连吊丧也不敢来的人，又如何胆敢拔刀相助呢？"说着望了一望冷清的灵堂。

方休冷笑道："你若怕死，现在可以走了。"

李布衣笑问方轻霞："姑娘今年贵庚？"

方轻霞没料他这一问，退了半步，答："我不告诉你。"

李布衣便向方休道："待你妹妹告诉我岁数才走。"说罢悠悠然坐了下来。

方休怒按刀柄，骂道："你算什么！你这是什么意思……"

方离按着他臂膀道："弟弟，不可如此鲁莽！"

方休气愤难平地道："大哥，你想要这种跑江湖骗饭吃的来搅扰我们么！"

方离跺足叹道："爹说过，凭我们几人之力，是没法子抵御刘破的……你得罪武林人物，做哥哥的我可担不起场面！"

方休气忿地插回了刀，道："我总有一日要爹知道，我能光大方家！"

方轻霞忍住眼泪悄悄补上一句："可惜爹不会看得到了。"

李布衣心里更多感慨：看来方家这三兄妹，大的优柔寡断，中的傲慢鲁莽，小的刁蛮惹事，又如何光大门楣呢？自保亦足堪可虞。

只听那老仆方才加了一句道："大少爷、二少爷、三小姐……不要忘了，还有老仆一柄刀！"

方离苦笑道："才叔，你忠心耿耿，老爷子没错看你。"

方休便挺胸说："你看，凭方家这四张刀，还怕姓刘的不成！"

忽听一人笑道："方家四张刀么？……那我姓司马的'连珠双铁鞭'算什么？"方离、方休、方轻霞一起大喜，只见三人足不沾地，已掠上楼，直入灵堂，当先二老，先向灵柩拜了三拜，另一少的当即跪倒，咚咚咚叩了三个响头。

这少年叩头发出好大声响，李布衣不禁有些诧异，果然那少年抬头时额上已肿起了一个大泡，虎目却都是泪。

那少年长得黝黑粗壮，方脸阔口，一身是汗。来的两个老人，其中一个扶棺哭道："他奶奶的熊，方老大，你怎么不等等兄弟，撒手就去了。"说着号啕大哭，哭没几声，反手一抓，将方离揪近胸前，瞠目厉声问："你爹是怎么死的？他虽老我一大截，但他妈的身子比我还壮朗，怎会……"

方离苦着脸道："都是教刘破逼婚逼死的。爹知刘三叔狼子野心，终日茶饭不思，忧心忡忡，从楼上摔下，跛了条腿，不久便……"

那黑脸老者庄稼汉粗布服，猛喝一声，"去你奶奶的！那种人还叫他三叔！"说着把方离大力一放，气呼呼地道，"谁不知我儿子跟你妹妹自小指腹为婚，他那两个儿杂种来凑什么劲儿！"

李布衣这才大悟，难怪方轻霞听人提到古长城同来的人时飞红了脸，腮角含春，原来是古长城有这个儿子。这时只见方轻霞和那黑少年偷瞥了一眼，一个羞红了脸，一个低垂了头。李布衣见一个娇俏，一个老实，乐得看这么两心相悦情景，心里也舒畅。

这时同来的一人，约莫四十来岁，扎儒士巾，脸带微笑，但脸色却隐隐发青，像是随时都在与人决斗一般，只听这人问道："怎么来的只有我们三人？"

古长城惯说粗口，禁不住一句便骂了过去："老鹰吃鸡毛，填满肚子算啥事？有你有我父子加方家四张刀，不够那姓刘的直入横出么！"这人便是京城大侠司马挖，他素知古长城的脾气，便道："够！够！只不过，方老爷子的身后真个是'有钱有酒多兄弟，急难何曾见一人'了！"

古长城又瞠眼睛叱道："娘的！我不是人么？我千辛万苦把你从京城里请出来，你也不当自己是人么！"

司马挖知这古长城说话便是这样子，便笑笑不去理他，微注向李布衣，便问："尊驾怎样称呼？"

李布衣笑答："算命的，路过贵地而已。"

司马挖当然不信，望向方离，方离说："这位先生武功很高，我们差些儿暗算错了人，后来……"

司马挖"哦"了一声，向李布衣走近，微笑地说："尊驾要是奸细，还是早些离开的好，何必吃不了兜着走呢。"

古长城见状便走过来，大声问："你是奸细?"

李布衣长叹一声道："若我是奸细，你这么问，我也不能认了。"

方轻霞这时禁不住道："他人不错……若他要加害我们，早就加害了。"

方休不服气，又哼一声，冷冷地道："那也未必。"

司马挖淡淡地笑着，但额上青筋，一闪而现："你若不是奸细，而今京城姓司马的和古二侠来了，你也该走了。"

李布衣微笑反问："哦? 司马先生认为有你在，就抵御得住刘破父子了么?"司马挖的脸忽然青了，就似一张摄青鬼的脸谱。

古长城大声道："司马，留着他吧，他奶奶的，要是敌，赶也不走的，迟早都要交手；要是友，咱们不能错怪了好人!"他虽然说话粗鲁不文，但毕竟是在江湖上见过大风大浪的，抓得稳舵看得准。

司马挖一笑，道："对付刘破父子，有我们几人，也就够了，就不知那关大鳄有没有同来，关大鳄的平棱双锏，可不是浪得虚名……"说着舐舐干唇。

方离见状，扬声叫："才叔，倒茶。"

方才巍巍颤颤走过来，为各人都泡了一杯茶，忽听一人笑道："多斟一杯，远道而来，渴得紧!"

　　在座的人见了，都喜上眉梢。司马挖起座笑道："郑七品来了，天大的事，也搁得住了。"方离、方休、方轻霞等都喜出望外，郑七品好歹也算是一个官，而且在"八虎"中魏彬麾下吃得住，而且是方老爷子的挚友，这次有他出面，谅刘破父子也不敢怎样。

　　这郑七品既不是什么高官，最高曾任中书舍人，但交游广阔，出手豪绰，而且武功也很不俗，黑白两道无有不卖他情面的。

　　郑七品一至，司马挖便道："郑七哥远道而来，大驾光临，我们以茶作酒，就敬他一杯。"郑七品和司马挖对饮，方离见郑七品不先拜祭老父，但有求于人，也没办法，他是方家长子，便以茶为酒作为敬礼。古长城生性粗豪，素不理会繁文缛节，也一喝干尽。

　　郑七品饮罢便说："我收到讣闻，很是难过，便赶来看看，没想到司马大侠和古二侠也在这里。"李布衣望去：只见郑七品的人长得富富态态，眼尾如刀，笑时法令深而不齐，看去人却很随和。

　　古长城道："我不来，谁来？"

　　郑七品笑道："我是没料司马大侠也在。"

　　司马挖赶紧赔笑道："我更没想到郑七哥不辞劳苦，赶来这里。"

　　郑七品笑道："司马大侠最近保的镖，都很罩得住，我也常听江湖人提起司马，无不竖起指头的。"

　　司马挖笑得脸上的青气也没了："哪里，哪里，能讨碗饭吃，还不是朝廷赏的，江湖汉子给的。"

郑七品左足搭在右膝上，悠闲地道："也不光是这样，司马的靠山……也稳实得很。"

司马挖皮笑肉不笑地道："可不是么？在江湖上混，靠山愈扎实愈好。"

郑七品抚掌笑道："你这样说，做哥哥的我，整天在朝廷厮混，岂不愧煞？"

司马挖忙不迭地道："江湖上的靠山，徐水县的那股刘家军，可也不是御史果宁大人得天独厚罩得下来，还有刘瑾刘公公……"

郑七品笑着打断道："这些事，我们哪可议论的。"

司马挖作揖道："是，是，七哥说的是，小弟多嘴了。"

古长城听到这里，憋不住便大声道："你们两个，撂下拐杖作揖的，老兄老弟一番，今个儿我们可是来应敌，可不是吃饭吃茶来的！"

郑七品笑笑，投目向李布衣笑道："那位是……"

李布衣一笑道："李布衣。"

郑七品随便"哦"了一声，举杯道："咱们没见过，喝了这杯，算是江湖兄弟。"

李布衣笑笑："一介闲人，怎敢高攀？"

司马挖也举杯道："我也敬先生一杯。"

李布衣笑着喝了，古长城再也忍不住，"啪"的一掌击在桌上，骂道："你们来喝茶饮酒，还是来议事的？"

郑七品笑道："是，是，——方老爷子的死，下官也很难过，想方老爷子在世，下官和他相交莫逆……对了，那位可就是方轻霞方姑娘？"

司马挖就说："方姑娘貌胜春花，真是匹配。"

古长城这下可是奇道："跟谁匹配来着了？"

郑七品和司马挖对望了一眼，两人笑笑，还是由司马挖道："据说西厂有个营总刘尚希，人品样貌，俱属上选，跟方姑娘倒是天造地设的一对人儿。"古长城"嗯"了一声，方家三个年轻人却脸色都变了，古长城这才醒觉，喝问："刘尚希？岂不是那刘破老贼的大儿子！"

司马挖说："是呀！"

古长城气得一时说不出话来。他儿子一步上前，向司马挖："你是我父请回来对付刘破父子的，怎么在大伯父灵前说这种话！"

郑七品眉开眼笑问："他是谁？"

司马挖笑道："古长城的儿子，叫古扬州。"

郑七品笑道："据说古长城的儿子对方信我的女儿，也痴心妄想——"

司马挖说："便是他。"

郑七品嘴里嘟嘟嘟了几声，说："古世侄，几句话，如你听得下，我倒要劝劝你。"

古扬州气虎虎地道；"你尽说无妨。"

郑七品道："江湖上的诡谲风云，不是你这种耕田务农的人消受得来的；金粉红颜，世间何处没有？你们父子为了一个女人，得罪刘破父子，可是大大划不来的事。"

古长城瞪着眼，指着他："你，你……"下面的话还未说出，就听一人自外掠入，一面说："怎么啦？二哥又动那么大的火气。"

这叫"二哥"的人，三绺长髯，脸色赤红，古长城一见，几乎气炸了心肺，吼道："刘破，你——你可来了！"

刘破却笑道："让二哥久候，真不好意思。"他前后有两个少年，一个气高跋扈不可一世的样子，一个眼神骏痴，只会傻笑，便是刘破的两个儿子，自称外号"花蹁跹"的刘尚希与"玉面郎"刘上英。这两人一个傲气、一个丧气，但样貌姣好，普通女子都不及他们眉目娟秀白皙。

刘破身边还有一人，这人血盆大口，闭着时嘴角延及耳根，一咧开来简直像攫人而噬，这时他正张嘴笑道："郑七兄、司马大侠，好久没见了！"

郑七品慌忙站起，向刘破父子和这人行礼道："刘大人、关大哥，二位公子来得真好，可想煞小弟了。"这大嘴老人便是"中州一怪"关大鳄。

刘破悠然道："方大哥真的是逝世了么？"

司马挖躬身道："是。他尸首还停在那边。"

刘破摇首叹道："可惜可惜。"便向灵柩走去。

方休大喝一声："狼心狗肺的东西，你惺惺作态可惜什么？"

刘破冷笑道："可惜方老哥未见他女儿跟我儿子完婚就瞑目不醒了。"说着回首问司马挖，"我叫你跟方家的人再提一下，并说服古老二，你做了没有？"

司马挖垂首道："回禀大人，小弟说是说了，但方家的人，明明是井底之蛙，却自视过高，而古二侠便又刚愎自用，食古不化……"

刘破微笑打断道："所谓识时务者为俊杰，他们不惯也会习惯的。"

古长城毕竟在江湖里翻过风掀过浪，在武林中也打过滚扑过火，这阵仗一摆出来，司马挖倒戈反向，加上郑七品显然是刘破的人，对方刘破、刘尚希、刘上英、关大鳄、郑七品、司马挖一共六大高手，自己这边老的只有自己一名，少的有四人，外加一个意向不明的卜筮者和老仆方才，可是大大吃亏。他生性粗鲁，但面对生死关头，以及遗孤，反而压住了怒火，镇静了下来，并不立即发作。

方休怒不可遏，以为来的人尽是朋比为奸，冷笑道："我都说了，这是方家的事，请外人来，只是捣乱而已，黄鼠狼给鸡拜年哪有安着好心眼？要嘛，一剑把姓方的杀了，要抢我妹妹，休想！"

刘破眯着眼道："你叫方休，是老二，对吧？"

方休冷冷地哼了一声，目中杀气愈重。

刘破笑道："年轻人干吗火气如许大？我横说直说，都是你长辈，你父生前，也叫我做刘老三，现今是你三叔，不久还是你妹妹的家翁，你怎可如此对待长上？"

方休手按刀柄："我没有你这样的长上。"

刘破依然笑道："你随时手按刀柄，像动不动就把事情用刀子解决般的，可知道世上的事，凭傲慢冲动，滋事、生事倒可以，解决事情却不见得。纵说今朝你杀得了我们一人二人，有一个回得了去，你们方家，只怕从你身上的毛发起到你爷爷的骨灰，便没有一块肉是完整的，这又何苦。"西厂手段残毒，人所皆知，刘破这番话，是带笑的恐吓，但不无道理。刘破又道："何况，今时局势委实太过明显，凭你们，司马大侠和郑兄二位便收拾得了，根本无须作顽抗的。"

古长城听了，心中暗暗盘算，这番出手，无论如何，不能容情，不能教一人逃回去西厂，否则，可是抄家灭门的祸。唯观此局势，对方占尽优势，自己等可连二成胜算也没有，心悔自己鲁莽，邀来了窝里反的司马挖，真是老鼠拖秤砣，自塞了门路。

方离见素来冲动的古长城默不作声，他年龄三十不到，沉稳有余，果断不足，便以为这二叔父也是刘破这一伙的，带了司马挖来，还引出了个郑七品，只恨自己信错了他，心中大恨，暗自蓄力，心想：无论如何，先除内奸，再歼外贼，自己守护无能，也要拼得一条命，换个奸贼的人头再说！

这时那个刘上英，色眯眯、笑嘻嘻地一眼一眼往方轻霞那儿瞟，像一把蘸了污水的刷子，在方轻霞脸上、身上刷来刷去一般，那刘尚希见弟弟如此，便一肘撞过去，责道："二弟，这是你哥哥的媳妇，你别碰！"

刘上英痴痴地道："我又没碰，看看也不可以吗？"这人平常痴愚，但对美色可是十分张狂。刘尚希侧着想了一想，就说："也罢，念在以前你把小红给我来过，待我用完了，再把媳妇给你用用也无妨。"在一个刚去世未久尸首犹未盖棺的灵堂前，公然如此，说出这等话，连李布衣也变了脸色。

刘破等却神色自若，似把这种事情早已习以为常，当下听了，竟似十分欣赏自己儿子所说的话，跟司马挖、郑七品一齐暧昧地笑了起来，倒只有关大鳄肃着大嘴没笑。

古扬州务农出身，跟他父亲一起，说话都粗鲁不文，但听得这种淫狎的话，也气瞪了眼，斥道："你们……枉为武林前辈……这种话都……都说得出口来！"古长城却不说话，暗自运气，准备全力出手，搏下罪魁祸首刘破再说。

刘破哈哈笑道："古贤侄见识未免太浅……武林前辈又怎样？

就算九五之尊，也不是一样——"说到这里，自觉失言，便没说下去。

原来武宗即位后，除将忠臣死谏之士下狱，充军的充军外，就与各群小在西华门外之豹房，寻欢作乐，太监、皇帝、宫女、民妇闹作一团，分而享之，刘破跟随太监"八虎"之一谷大用，自是不以为奇，甚至觉得跟皇帝老子比起来，他姓刘的还算有人品、有教养、有道德得多了。

那古扬州护在方轻霞身前，方轻霞早已气红了脸。刘尚希笑道："耕牛也学人护花么？方姑娘姓刘的吃得，姓古的可沾不上。"

古扬州怒道："不知廉耻的家伙，我呸！"

方轻霞也寒着脸骂道："我宁死，也不嫁给你们这些猪狗不如的东西，我呸！"她也随着古扬州"呸"了一声。李布衣瞧着眼里，觉得男的粗豪笃实，女的刁蛮活泼，倒才是匹配，便不觉微微一笑。

他只是那么微微笑一下，刘破便已警觉到了，便问："这位是何方英雄？"

李布衣也微微笑道："一介布衣，不是英雄。"

刘破"哦"了一声，笑道："是深藏不露吧？"

李布衣悠然说："摆明了是看相的，有银子便替人指点迷津，哪有藏私的道理。"

刘破说："你也是江湖上混的，懂得做人的道理，想来是不用我多说的了。"他说着掏出一锭黄金，道："待会儿，这儿要办大丧事，很大很大的丧事，然后我们回去，赶办喜事，今天，方家的丧事和刘府的喜事，你眼见了，耳听了，嘴巴里却不能说出去。"他牵动嘴角笑了笑，"然后，这锭金子就是你的了。"

他儿子刘尚希道："爹，我看您老人家索性连这金子也省了吧，待孩儿过去把他——"伸手一比，作刀切状，刘破摇首道："这人既上得了'大方门'，自是高人，冲着这点，又何止这锭金子，不可胡说。"

方休冷笑道："江湖郎中，果然改不了骗饭吃。"李布衣本待出手，听了方休这话语的狂妄，又暂且压了下来。正在转念间，古长城的身子骤然激起！

古长城用的兵器是扬耙。扬耙长二尺一，以铁杆五枝，前尖后直，嵌入两半圆形之划木内，另以三尺长木柄一枝，与中杆及划木结紧，形成有柄之栅牌，古用以舟师防御，但步战更得以助守之效，格架枪刃，乘隙攻击，乃变化自耕耘工具之耙，威力甚巨。

他蓄力已久，一声怒叱，一耙劈刺刘破。

他身形甫动，另一人也在同时飞快出手。

这人一刀砍向古长城的背心。

古长城久候时机，想擒贼先擒王，射人先射马，先将刘破摆平才说，没料忽遭暗袭。

若换作旁人出手，古长城也早暗留了心，但他没想到出手的人会是方离！

这一卜他无及细思，回耙一格，格住单刀！

原来他回身架刀，以刀势迅疾凌厉，只怕至少要挂彩，但方离甫出刀时，眼见古长城凌空飞袭刘破，但他刀已出手，收回不及，及时将刀势减轻，所以古长城还是能及时将他一刀接得下来。

但这一来，方离想猝杀古长城，古长城想偷袭刘破的计划，全都毁了。

古长城黑脸涨得发紫，戟指方离怒骂道："你这龟儿子——"想到是亡友之子，便忍住没骂下去。方离自知理亏，忙解释道："二叔，我见你一直不吭声，以为也是他们一伙的，所以才——"

古长城气得吹胡子、瞪眼睛、跺脚底，但又有何办法？忽见方离脸色发白，摇摇欲坠，心中大奇，自己在回格时并未下重手，何以他不济一至于斯，却觉自己也脚轻头重，扬耙拿在手里，也没感觉到拿着东西。

只听刘破笑道："这叫三个土地堂——妙！妙！妙！其实，你们只有一招之力，我们也早等着招架了……却没想到天助我们，连这仅有的一招，也教你两叔侄自己玩光了。"

这时方离已一个咕咚栽倒下来，方轻霞赶忙扶住，急唤道："大哥，大哥，怎会这样的——？"

古长城沙哑着声音怒叱道："姓刘的，你搞什么把戏？"

郑七品挺身笑道："这些繁琐小事，刘大人可没暇跟你们玩把戏，把戏是区区在下与司马大侠动的手脚。"

司马挖这时摸摸他头上的儒巾，说："我们这药物，就叫'湘妃酥'，是皇上用来对付不听话的女人的，你们是男子，也能服用，算是有福了。"

郑七品也和和气气，但笑得暧暧昧昧地说："我们想过了，若用普通的药物，要毒方家几位少爷，没啥困难，但毒性愈烈，以古二侠这等高手，外表粗犷却心细如发，定必瞧破，不如用迷药的好。——这迷药无色无味，更妙的是，它一直潜伏体内，渗入内脏，却不马上发作，等你稍为挣扎一下——就那么一下子——才告发作，一发呀，不可收拾啰！"

司马挖也笑得捧腹，加入说："皇上要寻欢作乐，当然不能要个死美人、睡艳尸，所以，至少也得意思意思，稍微挣扎一下，那么一下下，嘻嘻，皇上就更那个眉开眼笑了——但这药用在武林人的身上，就叫做'一招了'，一招过去，什么都了，至少要大半天，功力才告恢复，那时……嘿嘿，要看刘大人高兴了。"

郑七品补充道："要是刘大人高兴吃烤肉，你们就变烤肉；要是刘大人要吃腌肉，你们就得变成腌肉；要是刘大人什么也不吃，你们的肉，只好切成一片片的，丢到沟渠里喂狗……"说着又乐不可支地怪笑起来，刘破也抚髯长笑，那白痴儿子刘上英一面笑一面道："爹，让他也吃吃自己的肉嘛，塞几片他的股肉到这黑脸鬼嘴里去，一定过瘾极了。"

古长城大怒，拼力冲前，但终于敌不住体内药力，软倒在地，古扬州慌忙过去搀扶，方离挣扎道："你们……怎么……下的毒……"原来中了这"湘妃酥""一招了"，只是功力全失，劲道全消，但神志依然清醒，就是有气无力。

郑七品望向司马挖，司马挖望向郑七品，一起抱腹大笑起来。

方轻霞这时也想了起来："……你们……也喝了茶，怎么……？"

刘破笑着道："这种只毒你们不毒我们的功夫么？就要问你们方家的忠仆了。"

只见方才徐徐站了出来，方离、方休、方轻霞眦目厉叱道："你——"方才却不去理他们，走到刘破面前，单膝跪地，道："方才幸未辱命。"

刘破微笑道:"起来。"又向方家三兄妹道,"你们也不能怪人家,人家一把年纪了,在你们家也做了十几年,也没什么迁升,今回方老爷子死了,俗语有道:树倒猢狲散,人望高处,水往低流,当年的'方妙手'到我刘某人麾下,才是如鱼得水。哈哈哈……"

方才堆起了巴结奉承的笑容:"多谢大人提拔。"刘破一挥手,方才便垂手退过一边。这时忽听一人淡淡地道:"刘大人人多势众,占尽上风,还要收买对方的人作卧底,下毒暗算,也真可谓算无遗策了。"

刘破回首向李布衣得意地道:"我做事,一向不求冒进,讲求稳字。没有九成以上的把握,我宁可先观望,不妄动,以前我不得志,便先跟姓方姓古的结义,便是如此。"

李布衣点头道:"所以,方老爷子死难安息,这灵堂果然成了刘大人欢唔部下的凯旋所在。"

刘破抚髯道:"其实现刻所谓灵堂吊唁的,哪个不是借机会结交朋友、商议会叙的;死者已矣,来者可追,已死的人,再追悼也没有用。先生是聪明人,拿人钱财,替人消灾,先生拿了金子,也可以一瞑不视。"

李布衣微笑道:"可惜。"便没有再说下去。

果然刘破追问:"可惜什么?"

李布衣道:"可惜那茶,我没有喝。"

刘破动容道:"哦?"

李布衣继续说下去:"而我又生平最不喜欢人家尸骨未寒,便有人来纠众欺凌孤苦的事情。"

司马挖冷冷加了一句:"可是,我亲眼看着你把茶喝下去了。"

李布衣道："不错，是喝下去了，但都吐到袖子里去了；两位一到就殷勤灌茶倒水，我又怎敢贸然喝下？"方离和古长城听了，心里一阵惭愧。方离是方家长子，敬茶自然要代喝，古长城一上来便让司马挖怂恿向郑七品敬茶，便着了道儿；郑七品向李布衣敬茶时，李布衣却留了心。其余古扬州、方休、方轻霞等都没有沾茶，当然没有中毒。

司马挖冷笑道："凭你这个江湖术士，又能怎样？"

李布衣说："也没怎样，只不过能主持一下公道而已。"

刘破忽道："司马，那就给他一点公道吧。"

司马挖解下武器，狞笑道："好极了。"原来连珠双铁鞭只是柄，把手与剑同，唯末端嵌有尖刺，前端有一钩，镶有二节钢杆，粗若甘蔗，并环以连缀软鞭，因而名之，其鞭柄插于腰带，但鞭身圈绕胯腰，马战步战各适其用。司马挖解下连珠双铁鞭呼呼挥舞了两下，方休、方轻霞、刘尚希、刘上英都觉脸上一热，不禁用手向脸上摸去，才知道并未受伤。四人站离丈远，但双鞭声威已然如此。

李布衣道："好鞭。"

司马挖道："鞭法可更好。"

他的鞭继续飞舞着，鞭首过去，扫在梁上，石梁崩了缺口；扫在柱上，木柱裂了隙缝，但司马挖的鞭却仍未出招。

只有武功愈高的人才知道，司马挖愈迟发招，一旦出手，对方就愈没有活路。因为鞭势已发挥至淋漓尽致，而鞭威已将人心魄夺下。

古长城心中大急，但苦于他手足无力，否则以他膂力奇大，强用扬耙破双鞭，或许可以一战。但见李布衣依然端坐椅上，像被鞭影慑住，不闪也不躲，古长城嘶声叫道："快冲出鞭网——"

李布衣侧首过来，向古长城一笑道："有劳提点——"古长城这下可急得头皮发炸，果然在李布衣一掉首间，司马挖已出手！

鞭影排山倒海，劈压李布衣的头颅。

"啵"的一声，檀椅粉碎，古长城怕见李布衣的头，也如西瓜被砸破一般稀花哩烂——但眼前一花，李布衣忽然蹲下身去！

这电光石火的一刹那间，李布衣竟已躲过那力胜万钧的一鞭，这个倦慵的江湖人弹起如一头豹子，贴地如壁虎，"刷"的一声，竹竿挑刺而出！

竹竿破鞭网而入，刺入司马挖左肩里。

司马挖吃痛，右手一提，提了个空，李布衣已坐在另一张檀木椅上，竹竿也放到了茶几上，就像根本没有出过手一般。

司马挖这时才觉得肩膀一阵子刺痛，但他还没弄清楚怎么一回事，强吸一口气，压住痛楚，挥鞭又待扑去！

——无论如何，都不能在刘大人面前摔上这个斤斗的。

司马挖想到自己日后将来，升官发财，说什么也得豁出去，拼了老命也得赢回来。

刘破暮然沉声喝道："住手！"司马挖登时停了手，刘破拱手问："果然是真人不露相，尊驾究竟是谁？"却听那古长城也嘎声问："你……是谁？"刘破一听，知方、古这边似对这人也不熟悉，心里算是稳了稳。

李布衣斜着自己的招牌，喃喃自语道："李布衣啊李布衣，你已亮出字号，却偏偏没有人相信。"

刘破眼睛一亮，笑道："天下叫李布衣的相师，没一千也有自从那位相传侠踪飘忽的神相大侠李布衣近日出现荆襄一带，若尊驾就是……请恕我等有眼不识泰山，相交个朋友如何？"

李布衣悠然道："不敢高攀——"他说到"高"字时，背后的方才已向他出了手。

方才用的是把棹刀。棹刀两刃，而方家以"拦门寨刀法"成名，这一刀自后直劈而下，方轻霞、古扬州一齐惊呼一声。

在这闪电惊虹一霎间，李布衣的竹竿倒刺回去，"嗤"地穿方才掌心而去，"当"的一声，刀掉地上，李布衣只不过说到"高"字顿了一顿，说到"攀"字时，方才已刀落掌伤，趔趄而退。

古长城脱口道："好厉害！"方轻霞紧张奋悦得情不自禁抓住古扬州的臂膀，欢叫起来。两人两情相悦，生怕外力拆散，如这次无法拒敌，他俩情愿身死，却见来了个武功深不可测的帮手，心下大是欢喜。

刘破等都沉下了脸，方才捂掌身退，却道："他完了——"众人未明，只见李布衣闲定的神色，忽一蹙眉，脸色遽变。

方才嚷道："他一入门，轻易躲去了方家三人合击，我知他武功非同凡响，所以，连在他茶杯上也下了毒，他确没喝，他手心沾着了，纵功力高深，也支持不过三招——"

李布衣伸手搭住竹竿，众人只见他手肘一掣，五指已搭在竹竿上，可谓快到极点——但不管如何快捷，毕竟是让人看得见，不似他前两次出手根本没有人知道他如何出手，便遑论乎闪躲了。

刘破向方才嘉许笑道："方才，你立了这番大功，前程大大有的是！"转目向众人道，"这家伙已是强弩之末了——"司马挖冷哼一声，连珠双铁鞭一鞭打出，中途行成四鞭，到了对方身上，成了八鞭，端的是奇变百出！

原来司马挖听到刘破嘉奖方才，怕自己丢了脸、失了威、不被见用，便横了心，知这李布衣已中了毒，功力大打折扣，这时不抢立功，尚待何时，当下竭尽所能攻去！

李布衣二招伤二敌，本不想杀人，但二招一过，忽觉丹田气弱，脚步虚浮，心知仍是中了毒，饶是他镇定过人，但如自己若果一倒，单凭方休、方轻霞和古扬州来对付这一干魔邪，是绝对应付不了的，心下大急。

这时司马挖鞭影已到，只见一条青龙，破鞭而入，"嗤"地没入司马挖咽喉中！

司马挖狂吼一声，身形倒退，喉咙的竹竿也给他一倒退抽了出来，只见他八鞭变十六鞭，十六鞭变三十二鞭，舞到后来，八八六十四鞭齐出，煞是好看！

此人不愧以鞭成名，近攻时鞭影织密，但退时鞭法更加排山倒海；只是一路鞭法使完，他的身形也刚站定，便一阵抖颤，终于"砰"地垮在地上，手中钢鞭，也脱落一旁。

血自他咽喉汩汩流出来。

李布衣那一刺，刺穿了他咽喉，他余力未尽，堪将一路鞭法使完，身形甫定，才气尽身亡，如此可见此人也确真有一番惊人造诣，但李布衣的出手劲道，更是可畏！

李布衣却无法不杀他，因他连竹竿也快握不住了，他只好先杀了一人再说。

司马挖一倒，他也双手撑在檀椅扶手上。众人都静了下来，静得仿佛连这厅堂里棺椁中死尸的呼吸声都听得到。

刘破终于说话了："好武功。"然后他再说，"很可惜。"说完之后他就向郑七品点了点头。

郑七品不怀好意地笑着接道："好武功又怎样？还是枉送性命而已。"他冷笑，慢慢抽出了兵器。他的兵器也是鞭，但跟司马挖大大不同，他用的是竹节鞭，蟒皮把手，钢质尖锐，共十一节，呈宝塔状，郑七品向前逼去，一面说："你杀了使连珠双铁鞭的，死在竹节鞭下，也算不冤。"

李布衣强自运气想迎敌，"腾"的一声，手下所扶的檀椅翻倒，他一个趔趄，及时扶住茶几，但因失去平衡，茶几又告翻倒。

郑七品趁李布衣狼狈之际，一鞭打去，"当"的一声，这鞭给双刀架住，郑七品一看，竟是方轻霞的"蝴蝶双刀"，她寒着玉脸，英姿飒飒地持着双刀。

郑七品笑谑道："刘大人的儿媳妇，我可不敢打。"

那刘尚希扬声叫道："是我的媳妇儿，让我来教教她怎样侍候夫君。"抢身而出，拦在方轻霞身前，延着笑脸道，"来亲一下……"

方轻霞气得粉脸拉了下来，"刷"地一刀，刘尚希色迷心窍，几乎躲不开去，幸得郑七品及时一拉，才没将一张脸被削成两半。郑七品劝道："大公子，这女娃子可刁辣，待我把她捆了给你……"

刘尚希是见色不要命的登徒子，见方轻霞一怒一嗔如此可人，心都酥了，便说："不用，不用了，我这媳妇儿喜欢刀刀剑剑、打打杀杀，我就跟她厮搏一番，遂了她心愿……"话未说完，方轻霞又一刀削来。这次刘尚希可有了准备，闪身避过，抽出双刀，上前跟方轻霞交起手来。

刘尚希使的也是双刀，叫子母刀，跟方轻霞的蝴蝶双刀原是同一类兵器，当年方信我、古长城、刘破三结义时，武功互有授受，其中以方信我武功最高，刘破最为藏私，多学少授，但三人武功毕竟有互相影响处，教出来的子弟武功招式也是同走一路。只是方轻霞的蝴蝶双刀是南方短打，以黏贴敌手、急攻密起、上下翻飞为主。刘尚希的子母刀，近乎北派双朴刀，注重远击走位，两人打起来，长攻短击，煞是好看。

郑七品想下手杀害李布衣，但方轻霞始终挺身护住，教他无法下手。他要助刘尚希一把，擒住方轻霞，当非难事，但知这刘尚希好色又好胜，这一帮可能反害了自己大好前程，便退过一边。

战得一会儿，刘尚希的弟弟刘上英看刀风中的方轻霞，愈是纤美，便拔出一柄九尺长的寨刀，叫道："哥哥，我也来玩！"便要加入战团。

刘尚希回首大叫道："不行，不行，这媳妇儿我还没玩，你不能玩——"这贪花不要命的家伙，唯恐弟弟过来先沾了，他本来纵情酒色，所以元气耗得七八，武功本不及方轻霞，加上色迷心窍，分心喝住他弟弟，给方轻霞顺刀拨上，切了他左手二指，鲜血直冒。

刘尚希"哇"地叫了出声，左手刀也当啷落地。刘破可变了脸色。

郑七品见自己在旁，刘破的儿子还教人杀伤，这还得了？指斥道："大公子请退下，我把这泼婆娘收拾了给你爱怎么玩就怎么玩。"

刘尚希舞着右手的刀，逞强不退下来，这时刘上英早不理他哥哥不悦，寨刀如泼风一般，罩向方轻霞，尽向轻薄的地方挑去。

方休手紧执刀柄，大声叫："三妹，到这边来，我来护你。"

方轻霞以一战二，蝴蝶双刀刀影夹杂着她纤巧的身子，舍出性命对抗刘氏兄弟，一面答："不行，你过来。"

方休傲然道："我的刀不见血不回还！那两条小狗，我还不屑动手。"他这一句可激怒了刘破，刘破重重地哼了一声。

方轻霞竭力道："不行，二哥，我不能到你那边去，那相士在这里，不能叫他受到伤害。"这时刘氏兄弟的刀早已罩住了方轻霞，要不是刘氏兄弟只存逗她之心，无伤她之意，只怕早已伤在刀下了。

方休奇道："一个江湖术士，你理他作啥？"方轻霞拼出了性命，刘氏兄弟亦不敢撄其锋，"不行，他为咱们方家的事受累，我不能叫他死在方家的人前面……"她一连说了三次"不行"，一次比一次急促，一次比一次声嘶，但方休依然自居刀侠身份，不愿过去相助。

李布衣听方轻霞所说，心头一阵热。他四海为家，也没得过什么人间温情，见一刁蛮女子在要紧关头时如此侠义，大是感动。忽见"呼"的一声，一人扑到，一耙就劈了下来！

这人当然就是古扬州。他本来把守在父亲古长城、方离及灵堂前，但此刻见方轻霞危殆，早不顾一切，冲了过去，扬声叫道："阿霞，我来助你！"

两人联袂作战，刘氏兄弟自是不敌。刘上英边打边说："哥哥呀，你那媳妇儿看来早过了人家的门啦……"刘尚希听了气得呼哩哗啦地提刀跟古扬州硬拼，他本来是贪花不顾病，而今再加斗气不要命。

郑七品在旁呼道："两位退下，让世叔来——"刘氏兄弟碍着，他也真插不上手。刘尚希骂道："他妈的，我自己的媳妇儿，我自己上，还要劳你来！"

刘上英接道："是呀，哥哥不行弟弟来，还轮不到你老！"

刘氏兄弟说的是淫亵话语，古扬州自小耕田，跟农佃胡诌十句里倒有六句是粗话，但他生性朴实纯真，总算听懂了一半，一面挥耙击去，一面骂道："去你奶奶的，什么大官的龟儿子，尽是李鬼劫路欺世盗名之辈！雷公打豆腐，他妈的你们专拣软的欺，今个儿教你们骑马拜判官去！"

方轻霞问："骑马拜判官做什么？"

古扬州道："马上见鬼呀！""啊"的一声，刘上英已给他一耙锄在大腿上，登时血流如注，丢了兵器，哇哇地哭了起来。

古扬州笑骂道："他娘的熊！你真个武大郎卖豆腐，人熊货软！哭什么劲儿……"

刘上英还是哭道："你——你敢锄我命根子！要不是我躲得快，早就……"古扬州哈哈大笑，方轻霞是世家之女，对男女间事可一窍不通，对结婚而言，只是一男一女睡一个晚上便叫夫妇，怎知道如此许多？她跟古扬州多在一起，她爹爹又跟古长城要好，方信我素来明达，古家父子出口粗话，方轻霞也耳濡目染，听惯了也会说几句，方信我溺爱这小女儿，听了摇摇头也就罢了，亦没斥骂。方轻霞而今听刘上英如此说，也笑了起来。

方轻霞可不懂什么是"命根子"，所以才笑得出声，刘尚希见方轻霞这一笑又美又娇，含羞带嗔，他一看，便痴了，也给古扬州一耙扫倒！

刘破眼见两个儿子这般窝囊，沉声喝道："拿下！"郑七品这时正好趁刘氏兄弟哼哼卿卿地倒在地上，抢身扑去，竹节鞭展开招法，罩住二人！

方休握刀冷笑道："嘿，嘿！大爷我等那么久了，倒无一人敢来惹我！"

关大鳄跨步向前，他的人比平常人稍高一点，但这一步跨去，足比常人跨阔了五倍有余！只听他冷冷地道："你很想找人决斗么？"

方休淡淡地道："怎么？你有没有这个胆子？"

关大鳄道："听你语气，倒是像一代大侠；看你样貌，也像刀法名家……就不知你真实武功如何？"

方休眉一扬，昂然道："你如不服，一试便知。"

关大鳄大嘴一张，喝道："好！"闪电般一拳击在方休脸上！

方休没料关大鳄说打就打，正要拔刀，但惊觉右手已给人按在刀柄上，"砰"地已中了一拳，眼前一黑，跄跄退出七八步，双手捂住了脸，鼻血长流。

原来关大鳄以左手按住他持刀的手，右拳击中了他。"方少侠，怎样？决斗不是小孩子拿刀拿剑，配搭比画，拳来脚往，就能称大侠的！"

方休虽被击中，眼泪、鼻血长流，但意志却很悍强，他长吸了一口气，清醒了一下，刷地拔出刀来，挥刀喝道："刚才少爷一个疏神，为宵小所趁，而今——"他的刀花舞得漂亮，但也遮住了自己的视线——当然这一遮只不过比刹那还短的时间——关大鳄遽然冲了过去！

关大鳄这一冲，方休心一栗，扬刀要劈下，忽觉脚踝一痛，已教关大鳄一脚踏住，痛入心扉，出手慢得一慢，关大鳄左手迅疾无伦地扣住他的刀，右手一拳，又击中方休脸门，霍然身退！

方休"哇"的一声，这次咯了一口血，掉了三颗门牙，半晌出不得声，只觉眼前尽是星星、太阳，连站立也不稳，但他个性确也倔强，犹自舞刀，护住全身。

关大鳄却并不追击，冷笑着问："方大侠，你现在斫谁呀？斫苍蝇是么？"

刘破在一旁道："老关，宰了吧，别替人教好儿子了，免得夜长梦多呀。"

关大鳄道："是。"目中凶光大现。

方休忍痛忿然道："你趁少爷我不备，巧施暗算，有种就来放手一搏——"

关大鳄摇首，十指拗得格登作响，道："你这种人，不杀也多余。"说完倏地闯入刀网中，右手执住方休拿刀的手，左拳击出！

这下关大鳄猛打方休的眉上阳白穴，下的是重手，若然击中，方休是非死不可。

但方休忒也机警，连中两拳后，知关大鳄倏地欺入、一手扣压、一手猛击的厉害，也情知凭自己功夫断然闪不过去，所以关大鳄身形甫动，他就立定主意，果然关大鳄又扣住他执刀的手，他立即一低头，蹲了下去！

关大鳄一拳击了个空，倒是意料不到，但他身经百战，临危不乱，左膝一抬，已封住胸腰之际，免受人所袭。不料方休也确机警，趁势全蹲了下去，一掌切在关大鳄右足脚踝上！

关大鳄痛得叫了一声，弊在他单足而立，这一下切个正中，他连站也站不稳，右手只得一松，方休得势不饶人，一刀扫了过去！

关大鳄的武功，毕竟远胜方休，在这等忙乱间，右手虽松，但易爪为掌，推了出去，"啪"地将方休撞得倒退十几步。

只是方休那一刀，也在他肩膊上划下了一道长长的血口！

关大鳄这下可恼火了，沉下了脸，掣出了双铜。关大鳄的"平陵双铜"，世所称著，为秦汉以来七大使铜高手李鳄泪的传人，他双铜舞将起来，矫捷腾踔，无可羁勒，而且前攻后顾，矜奇眩异。关大鳄双铜一出，古长城的心完全沉了下去，知道这个子侄的性命，可以说是丢定了。

忽听又是"咭"地一笑。原来古扬州、方轻霞二人力敌郑七品，郑七品的招招有度，虎虎生风，在郑七品的鞭影下，古扬州的扬耙威力大减，方轻霞的蝴蝶双刀也只有守的份儿。

可是两人却并不惊惶，只觉不能共生，而能共死，两人心满意足，也没什么遗憾。那刘尚希瞧不过眼，便叫："七叔，不要伤我媳妇儿，我还得跟她进洞房哪！"

郑七品这时已占上风，好整以暇，便道："你放心吧，保管原装奉上。"

古扬州惯于他们胡言乱语，调笑方轻霞，拼力反攻，边骂道："王八羔子，你们没有一个是东西。"

刘上英头脑不清楚，便傻愣愣地说："王八羔子当然不是东西呀，会爬会走的，跟你和我一样，还会钻洞哪！"

方轻霞是小女孩，跟大人一起打骂惯了，不懂男女间事，听刘上英傻里唏唏的说话，忍不住"咭"地一笑。

这一笑，将刘尚希瞧得色授魂飞，把傻憨憨的刘上英看得失魂落魄，连郑七品也不禁为色香心动，这动得一动，险些儿挨了古扬州一耙，可见美人一笑之力，真比刀剑武功还可怕。

郑七品忙敛定心神，心知这个脸可不能栽在两个小娃子手里，何况还在刘大人面前。当下沉着反击，又渐占回上风。

李布衣可瞧得心里摇头，方轻霞纯真可爱，但也未免太纯真可爱一些了，迷人不打紧，但跟江湖人笑在一团、骂在一堆，对一个女儿家，只怕未必是好事，想到这儿，忽面前一暗，方才已逼近了，他阴阴冷笑着。

这时方休跟关大鳄相拼，可谓凶险至极；而古扬州和方轻霞力敌郑七品，也抽不出身来，方离和古长城更是倒在地上，动弹不得。

方才右手已被李布衣一杖刺穿，他恨极了李布衣，故意慢慢将左手伸近，要把李布衣生生勒死。这时"啪"的一声，方休手中单刀，也被关大鳄一铜打飞，情势更是险绝。古扬州长叹一声，发起狂力，猛攻几耙，略为逼开郑七品，虎目含泪，向方轻霞道："霞妹。"方轻霞双刀疾飞，目不交睫，应："嗯？"

古扬州说："我今生也没什么憾恨，只惜至死没有亲亲你。"方轻霞娇叱一声，一刀凌空捶出，郑七品不虞此着，连忙跳开。方轻霞侧着粉脸，向古扬州道："你亲我呀。"

古扬州不料方轻霞如此坦荡，只见她香腮含春，美得不知怎么是好，他脸上发烧，却不敢亲。刘上英嬉笑道："哈！哈！哥哥，你的老婆给人亲过！"刘尚希气得咬牙切齿，这时郑七品又待扑近，方轻霞把胸膛一挺，走前去，大声喝："住手！"她人虽娇柔，但英姿飒飒，这一呼嚷，郑七品即不敢下手，反而人人都停了下来。

方轻霞说："我嫁给你们。"她强忍住泪花在眼眶里翻动，也不理睬古扬州的喝止，"但你们要放了古二叔，我两个哥哥，不能碰我爹爹的遗体，也不能杀那相士，还有他！""他"指的当然便是古扬州。

郑七品倒一时不知如何是好，古长城骂道："糊涂娃儿，你以为牺牲你自己，他们就会放过我们吗？"

方轻霞哭着跺足道："不然怎样？他们不答应，我就自杀当堂，宁死不嫁！"

刘破走过来圆场道："其实贤侄女又何必如此？嫁不嫁，倒无所谓，我两个犬子喜欢你，不如先做做朋友算了？"

方轻霞破哀为嗔："真的？"脸靥还挂了两颗晶莹的泪珠。

刘破温文微笑着，拍拍她肩膀："三叔几时骗过你！"

古扬州气愤至极，大声道："霞妹，我宁愿死，我宁愿死也——"

刘破冷笑道："你死你的事！怎么这般自私，要人跟你一道死！"

古扬州挺耙上前，却给郑七品竹节鞭拦着："你不要信这只老狐狸的话！"

刘破怒道："臭小子！真活腻了不成？"

方轻霞疾道："不许你骂他！"

刘破赔笑道："好，我不骂……"闪电般出手，已封了方轻霞身上几处大穴，方轻霞轻呼半声，便已软倒。原来刘破之所以对方轻霞诸般容让，是因为他眼见方轻霞娇嗔可爱，也同他儿子一般，动了色心，决意要生擒她，才如此百般迁就，再猝起擒之，否则以刘破这等杀手无情、六亲不认的人，怎能允许到此刻方信我的尸首还停在棺椁里？他可连鞭尸三百的鞭子也携来了。

方轻霞一倒，古扬州虎吼上前，刘破早已奸笑跑开，只剩下郑七品轻而易举地占尽了上风，不出十招，便可将古扬州杀之于鞭下。

方休的情形，对手是关大鳄，更不用说了。这边方才的手在半空停了一会儿，又狞笑着，向李布衣伸来。

李布衣忽道："方才，你妻子在阴间，过得可不能算好，她还常常思念着你啊。"

方才脸色一变，李布衣又道："她已死了近二十年，可不知道你有没有像从前一般，做出对不起她的事。"

方才全身抖了起来，低声喝道："你胡说些什么？"但要去扼李布衣咽喉的那只手，已开始抖动起来了。李布衣长叹一声道："我不说。我到阴间道上，才去跟她说……其实，你没娶那女人，也为了悼念亡妻，用心良苦，其情真挚，可惜……"

方才好像见到鬼一般的睁大双眼，张大了嘴，舌头也像涨了起来，半晌才问得："什么……什么可惜的……？"

李布衣说："……可惜你的妻不知你对她那么怀念，那么好。本来，我死了之后，也可以到地府里，跟她说去，但是你……"

方才再也忍不住："你……怎么知道的……"声音已嘶哑，泪也禁不住滴落到白花花的胡子丛里去。

李布衣知事不宜迟，打铁趁热，便说："我是卜筮者，跟鬼神能通，当然知道你的事，都是你妻子的幽魂说予我听的。"

方才半信半疑："你若真是神仙，怎会遭我们所擒？……"

李布衣摇头叹息："我可不是神仙，你没听说么？劫数难逃啊，纵是神仙，也逃不过天意、灾劫、命数！"方才虽跟李布衣对话，但说得极为小声，夹杂在古扬州和郑七品的兵器碰击声中，以及关大鳄和方休的呼喝声中，甚难听得出来，何况，刘破擒住了方轻霞，跟他儿子都以为胜券在握，满心欢喜，加上这场战局扭转乾坤乃因方才下毒，制住李布衣、古长城、方离三人，而方才又为立功而受伤于李布衣手上，他们当然不会怀疑方才了。

方才颤声道："你，你果真是……你想要我怎样做……?"原来这个方才，三十年前，有名的叫做方妙手，他年轻时样子不错，风度翩翩，除了偷盗一流，偷香也算个中好手。

唯世间最难说的，便是情字。方才偷香窃玉，却遇上了一个令他深心倾仪的女子阿兰，便不敢再用下流伎俩，方才为了她，洗心革面，苦苦追求，终得玉人垂青，委身于他。方才在那段日子，可谓世间最快乐的男子，只要阿兰对他好，他就身心满足，别无所求。

但好景不长，方才囊空如洗时，便是贫贱夫妻百事哀了。方才因受不住给人欺压瞧不起，铤而走险，瞒着妻子重操旧业，当了飞贼。这一来，他又在刀口上舐血的生涯里打滚，自不免犯上老毛病，好色贪花。其中一个叫小秋的，倒也对方才动了真情，竟去告诉了阿兰，倒也无恶意，只望能两女同侍一夫。阿兰听了，伤心绝袖而去，再也没见方才，方才千辛万苦，魂销落拓，不复前形，寻得阿兰时，她已香消玉殒。

方才疚歉一生，也没再理那个小秋，从此一蹶不振，孤苦颠沛，功力疏练，也大打折扣。因同为方氏宗族，故投"大方庄"，获方信我收留，那是十几年前的事。方才一直隐居于此，直至十年前，才渐渐恢复雄心，在"大方庄"里表现殊佳，得迁升为庄里总管。方才深恨当日无财无势，使得阿兰过贫困的日子，才致他再沦为盗，致使把持不住，惹上遗恨，所以他力图求进，表现殊佳。后被刘破遣司马挖、郑七品等诱导说服，言明只要他毒倒古长城等，功成后"大方庄"归他所管，他在庄里稍存感激的只是对方信我，方信我既死，他为求达到目的，以雪前耻，也就没有什么避忌了。

只是阿兰已逝去近二十余年，小秋也在十几年前去世了，此外天下无第三人得知此事，将长埋方才心里，随之湮没，这些忧欢岁月里，方才常念阿兰，也只有他自己深心自知，而今却给李布衣一一道出，怎教他不震惊？怎教他不伤心？

他一直怀有深憾：如当初自己赶得及见到阿兰，跟她说明自己真心待她，其余不过逢场作戏，阿兰必不致死……而今李布衣这么一说，他打从心里倒真希望这"半神仙"能在黄泉地府，跟他妻子说清这件抱憾终生的事。所以他真的整个呆住了。

李布衣喟息道："……我也没要你怎么做……就算你肯帮我们，也敌不过刘破……"

方才嗫嚅道："……我……我也不能放你……放你走我就没命了……"

李布衣说："是呀……"只见方休、古扬州已没剩下多少招了，即道，"我是算命的，上通天下通地，中间通人鬼神，你若掐死我，我到阴间阎王地府，也会冤魂不散的……"方才打了个寒栗，赶忙把手缩了回去。

李布衣继续道："……可是，你又不能放我，所以……就让我自决好了……"

方才颤声道："你……"

　　李布衣见刘破已略向这边望来，便疾道："我现在有气无力，爬不过去，你行行好，一掌把我打去灵堂那边好了……我死在灵奠前，祭拜比我先死的人，然后自戕，便可超生，到十皇殿里也可向尊夫人多说你的好话。"

　　方才点头道："好……不过，你真的要帮我说好话啊……我真心待她，迄今不娶，此心可问天地……"

　　方才愈说愈激动，那边的刘破已生疑窦，扬声叫道："方才，还妇人之仁吗？"

　　方才赶忙答："是。"

　　李布衣低声疾道："一掌打我过去吧，我自会触棺自杀的。"

　　方才又说："你可要多替我说，我思念阿兰之情，无日或忘……"

　　李布衣急道："得了，我阳寿已尽，你还不打，要错过时机了。"

　　方才"啪"一掌，打在李布衣肩上。李布衣大声地"啊呀"叫着，飞起丈余，撞在棺椁上。李布衣功力已失，这下撞得遍体疼痛，只见他扶棺撑起，双手合十，向棺膜拜，喃喃祈祷。

　　刘破瞧得好笑："死到临头，拜神拜佛拜死人又何用？"只见李布衣低声禀拜，刘破脸色一沉，道："方才，多加一掌，把他了账！"

　　方才应道："是！"走过去时，假作手心受伤，行动迟缓，几似摔了一跤，心里是盼望这相师快快奠祭完好自绝，免迫他出手，到阴间黄土里向自己心上人多说几句好话，好让自己日后黄泉地府和她相见，不至相见无颜。

　　那时人多虔信神鬼之说，李布衣能道出方才所思所念的秘密，又自求自绝，方才当然不虞有他。

遽然之间，棺椁里的人腾身而起，十指扣在李布衣背门，上按神道、灵台、至阳、神堂、厥阳俞五穴，下压筋缩、中枢、脊中、阳纲、三焦俞。

方才惊叫："你——"李布衣倏地蹿出，在他背后扣住他十道经脉的人，也紧蹑在他背后。

这时方休、古扬州都愕然住了手。郑七品乍见李布衣肩后有一张脸孔，白惨惨的但赫然正是故人方信我，吓得心胆俱裂，只叫了半声，"我——""嗤"的一声，李布衣的竹杖，已疾地刺穿了他的喉咙，自后颈穿出一截来。

这时刘上英第一个哭叫起来："鬼呀——"

刘尚希喃喃叫了一声："妈呀——"李布衣的背冒起了白烟，却迅若鹰隼，扑向刘破。

刘破这才如大梦初醒，脸上露出恐惧已极的神色，摇手大叫道："不关我事——老大，不关我事……你放过我——""嗤"的一声，李布衣竹杖又告刺出！

刘破迷惘中侧了侧身，李布衣因功力不继，故变招不及，竹杖只刺穿刘破左耳，登时血流如注，刘破却恍然大悟，叫道："原来你还未死！"

他一面说着，一面抽出鞭来，以鞭法论，郑七品和司马挖都远不及他，只是他醒悟得未免过迟了一些。李布衣袖中的玫子，已凌空飞出！

这两片玫子，一阴一阳，阳面打在刘破腕上，阴面打在刘破"眉心穴"上。

刘破大叫一声，李布衣就在大叫声中，一杖刺穿他的心脏。

刘破仰天倒下，李布衣旋向关大鳄。方才抄起大刀要拼，李布衣陡地喝道："方才，要命的不要拼！"方才对"能通鬼神"的李布衣十分畏惧，登时不敢妄动。

但这阻得一阻，在方离、方休、方轻霞喜唤"爹——"声中，关大鳄已向窗口扑出！

李布衣大喝一声，冲步向前，一杖刺向他背后，但因内息配合稍乱，这一刺，差三分——关大鳄已破窗而出，刹那不见踪影。

方休喝道："我们追——"

李布衣制止道："别追，"方信我也说："不要追了，这只大鳄罪不致死……"只说了几个字，"碰、碰"二声，他和李布衣都摔跌到地上来。

这时一声惨呼，古扬州乘胜追击，已把慌乱中的刘尚希一耙锄死，剩下一个刘上英，只唬得在那儿束手待毙。

李布衣喘息着道："他是白痴，让他去吧。"

古扬州说："就放他出去害人么？"

古长城粗着嗓子道："就废掉他武功吧！看他没了武功，没了靠山，还如何害人来着？"方休过来，两三下废了他武功，古扬州看这人也可怜，怕方休真个杀了，赶忙把他一脚踢出窗外。

只剩下一个方才，呆呆地站在那里。方离骂道："方才，你做的好事！"

方信我也喘着气说："方才，我待你不薄，没想到养狗反被狗咬……"

李布衣道："放了他，由他去吧。"

方休抗声道："这种无耻之徒怎能放了……"

李布衣即道："今天没有他，敌人赶不走……何况，他这一生在感情上也受了不少苦，也够他受了……而且我答应放他的。"

方信我即道："方才，你走吧。"

这时古扬州已过去解开了方轻霞的穴道。两人再世为人，死里逃生，不知有多欢喜，感情上也一下子仿佛亲昵了许多。古长城却说："放他不怕他纠众来犯么？"

李布衣摇首，吃力地道："不会的，他在官衙、内厂，都没有勾结，只是一时误入歧途……至于泄露这儿的事……一个关大鳄就足够了。"

方信我叹道："无谓多说，方才，你快走吧。"

方才怔怔地问李布衣："那……我妻子……"

李布衣喟息道："如果我比你先死，一定跟你说去。"

方才黯然地道："那不如我先死，自己跟她说去。"说罢横刀自刎，伏尸当场。

李布衣瞧着他尸首，心中也很难过。方信我吃力地笑道，向李布衣问："先生是如何知道他这些往事的？难道真有神眼？"

李布衣摇首沉重地道："说穿了一文不值，他向我逼近时，要用左手扼死我，我趁机瞧了瞧他左手掌纹，见他家风纹即婚姻线末端有扇球状，后下垂破天纹，直入拇指下的良宫，是以断定他妻室方面，必然受深刻之创伤异难，因无其他婚姻线，也可判定他此后即无再娶；又见他人纹中断再续，形拉断状，心线破断，显然受感情创痛甚巨，影响及其一生，从中更可推断出他发生之年龄；跟着从他震、艮二宫的色泽，及玉柱纹有斜起自掌下沿太阴丘之异线截断，上有蛋空状，及连震宫，因而得知他有第三者的影响，而破坏良缘，所以便说破，求他将我震到你棺椁前……没想到，这方才对他原配夫人倒一往情深，我确是不该……"说着也有些怅然起来。

方信我劝慰道："先生助我等死里逃生，俗语说：救人一命，胜造七级浮屠。先生今日岂止救了一命。"

李布衣叹道："可惜也害了一命。"

方信我道："色字头上一把刀，怨得谁来？"两人仍趴在地上，挣不起身来。

李布衣用话打动方才，方休、古扬州在舍死忘生的搏斗中，自然没听见，方轻霞那时离得远，慌了心，也没听到，方离和古长城却是跟方信我一般，听得清清楚楚的，觉得简直匪夷所思。方离说："哇，掌相有这么灵么？"

李布衣淡淡笑道："那也得配合面相来看……不过，说穿了，还得靠经验，其道理就像长一张笑脸的，多达观快乐，因为常常欢笑，相反一个人哭丧的脸，运道就不高了。"

古长城咕哝道："如此神奇，改天也叫你给我看看。"

李布衣微笑道："一个人的手掌掌纹是不会骗人的……但看相看掌，不如观心，古二侠如有自知之明，又何必看相呢。"

古长城唠唠叨叨地道："我就是没有自知之明，更无知人之能，所以他妈的就给死人骗了！"

方信我知道是在说他，这时子女们都靠拢过来，看着他们父亲，泪眼欢愉，喜不自胜的样子，方信我笑道："二弟别怪，我知道我这一撒手归西——我这三个儿女，大的光稳没决断，次的光傲没本领，小的光爱漂亮没脑袋，一定落入刘破那贼子手里，所以先行装死，准备等刘破父子来捣闹时给他一下子……我自知时日无多，脚又跛了，忧心如焚，自知没多少日子，不破釜沉舟，就死得不瞑目了。因生怕三个儿女口疏形露，露了出去，刘破哪里肯来？纵来也有防备，所以才什么人也没告诉，只嘱咐他们办我身后事，三天才入殓，身上涂香粉，以免发臭防腐——其实是掩饰……"

古长城哼了一声道："好啊，结果我还不是傻里郎巴地哭了一场；以为真死了老大！"他生性豁达，并没真个生气，说罢就哈哈大笑起来。

方轻霞见父"复活"，欢喜得什么似的，便向古长城撒娇道："人家爹又转活过来了，你老人家还不高兴哪！"

古长城呵呵笑道："高兴高兴，我有这么一个会说粗话，胆敢一死代全场的英烈巾帼做儿媳妇，高兴都来不及啰！"

方轻霞大赧，不禁说了一句："去你的！"

众人笑作一团，方信我笑斥道："我这女儿，实在，唉……"遂而正色道，"……不过，要二弟辛劳伤心，且为我的事冒险犯难，做哥哥的心里很感激，也很愧疚……"

古长城笑道："还说。今天的事，如无这位神相在，什么都结了。"

方信我慌忙道："正是。没料刘破老奸巨猾，还是带了那么多人来，我摔瘸了腿，躺在棺材里，一憋两天，老骨头僵得不能动，情知舍得一身剐拼出去，也未必敌得过一个刘破，正焦急间，只好决定无论如何也要拼一拼，先生就过来了，佯作奠祭，对我低声说：将'无形刀气'的功力灌注他背门十大要穴，由他来骤起杀敌……唉，也只有以先生的武功智略，才能解决得了今天的事。"众人这才明白李布衣何以忽然恢复功力，以及两人因何杀敌后俱倒在地上，乃因一人功力未复，另一则是灌注功力于他人之身，是极耗内力的方法，年迈的方信我当然不能久持了。

方轻霞笑嘻嘻地道："爹爹，以后如果你还装死，先告诉女儿，女儿拿个枕头、垫被，教你睡舒服一些，还拿水果、酥饼给你老人家吃，就不会这样辛苦了。"

众皆大笑，方信我笑骂道："傻女，这种事情哪还会有下次么?"转向李布衣正色庄容问，"有一事请教先生。"

李布衣笑道："不敢。"

方信我问："我装死，什么人都瞒过了，自己也几以为自己已咽了气，就是没有瞒过先生法眼，这是何故? 请先生指点。"

李布衣笑道："方老爷子有六十一二了吧?"

方信我道："快六三了。"

李布衣笑道："就是了，一个人明明没死，却怎生装死呢! 我瞧老爷子脸相，尤其下停，十分匀满，并无破缺，六十一二运行承浆、地库，端而厚实，不可能在这两年遭受祸难，又见扑粉下气色光晶，心知五分，再见老爷子的手指，便肯定老爷子是假死的了。"

方信我一愕道："手指?"

李布衣颔首道："尤其是拇指，品性枯荣都可瞧出。一个人拇指粗壮，其志亦刚，如若秀美，人也谦和，如柔弱无力，或大而不当皆属形劣。婴孩呱呱坠地，拇指总握手心，及至老时死亡，大拇指也多捏在手心里，表示其人心志已丧。老爷子十指箕张，拇指粗豪，生态盎然，怎会夭亡? 我看老爷子再过十年八年，也还老当益壮!"

方信我哈哈笑道："承你贵言，承你贵言。"

"何况，我入门时也说了，这儿山水拱护，绝不致有灭门惨祸。"李布衣脸色一整道，"不过，现下之计，乃是速离此地为妙，就算暂弃祖业，也总好过全家覆没。关大鳄走报东厂，率众来犯，势属必然，所以愈快撤离愈好……我等三人，功力未复，还要三位多偏劳，移去安全隐秘之地才行！"

方信我肃容道："先生、二弟皆因方家庄而暂失功力，若再教二位落在锦衣卫手中，方某万死莫赎……我们这就走吧。"

当下吩咐道："阿休，你去收拾家当，阿霞、古贤婿，你们负责保护……"却不闻响应，转首过去，只见方轻霞、古扬州二人，卿卿我我，浑然情浓。

稿于一九八一年。

在劫中，三度返马四度来港之际。

校于一九八七年五月。

与"朋友工作室"新知梁四弟、何七妹、刘红芳等重游溪头杉林溪、中正纪念堂、故宫博物院时。

死人手指

・翠羽眉

第壹回

对峙

　　"结发寺"在飞龙岭二十四峰的第十一峰上，地势险要，风景绝美，未到"结发寺"前，山路回转，共一百零九个弯，远眺沧海，仰望苍穹……

"结发寺"在飞龙岭二十四峰的第十一峰上，地势险要，风景绝美，未到"结发寺"前，山路回转，共一百零九个弯，远眺沧海，仰望苍穹，俯瞰来时迂回曲折的绝崖危道，是谓"飞龙第一绝景"。

在这险恶胜景之上，急风如剪，一个人被吹得衣袂翻飞，但他的身体，却像这绝壁上千年风化不了的岩石，入土三十尺般站立在那里。

这个人的双手，插在袖子里，正俯视着下面险绝的栈道。

栈道很荒凉，只有山风卷起飞沙走石，渐渐蒙积在人工凿成的栈道上，忽风势骤变，聚积的沙石扬空飞旋，造成漫空一阵尘雾。

——这男子在这险要处做什么？

李布衣自"结发寺"走下来，这样地狐疑着。

——这人身上有杀气。

李布衣看了看崖下的浪涛，像千军万马挥动白刃，杀过去又退了回来，再看清地势，心中明了这是一个偷袭的绝好地形，如果下面栈道有人正走上来，这人自上击下，来人不管后退、前进，绝然不及，若再闪避则撞上山壁，右躲则落入深崖。

这地形上的暗杀，足以使被暗杀者绝无生路。

可是这一场暗杀，却教李布衣遇上了。

李布衣心中长叹，他绝不让血染在这灵寺的栈道上，——"结发寺"虽不是名寺，那是因为它所处之地十分荒僻险恶，但却是灵验的寺庙，相传有一对恋人，因双方家长反对他们的婚事，他们偷偷上来这里幽会，但遭这里的贼人劫色，男的奋力抵抗而死，女的不甘受辱自尽，两人死去之后，头发竟黏结在一起，长成了一棵树，山贼吓得摔死的摔死、改过的改过，再也不敢在飞龙岭一带作恶了，这棵"结发树"后被人奉为神树，附近一带居民都笃信情侣在这里诚心参拜过后，相爱能终生不渝，共偕白首。

李布衣上"结发寺"来，是为自己过去的心爱女子祈愿，心情十分黯淡，从庙宇里出来的时候，便瞧见这个暗杀者。

他还没开口，突然感觉到，那杀手已经发现他的存在了。

那杀手的姿态，完全没有变更，山风像一记又一记的剪刀，把他衣袂剪得飘飞颤动，他站在那里，定得就像一朵铅制的云，尽管飞扬但不消散。

可是，李布衣仍然感觉得出来，杀手已知道他在后面。

杀手还同时觉察到"螳螂捕蝉，黄雀在后"这句话的严重性，因为如果有人在他背后突击，虽不比他俯扑而下偷袭人来得万无一失，但也可以算作百不失一。

何况，杀手以他敏锐的感觉，知道来的是一位高手。

高手中的高手！

杀手没有立即回头，因为他也是好手中的好手。

这时候若突然回身，也正是给予对方猝施杀手的最好时机。

所以他没有回头。

偏偏在这个时候，他的"猎物"出现了。

一男一女，正在下面险道走过。

只要他飞击而下，就可以一举杀掉两人。

但是他没有这样做。

因为只要他一掠起，后面的人趁此发出致命的一击，他也没有闪躲的余地。

所以他只有僵在那里。

李布衣也没有动。

只有那高声谈笑的一对男女，却毫无所觉，说着笑着像游山玩水的人，随意走过或险或峻的山道，不知道上面一片危崖有一颗致命的巨石曾几乎要坠掉下来。

杀手知道自己已失去最好的杀人机会，然而他自己却仍在危机之中。

——背后的人是谁呢？

杀手感觉到背后那人随随便便地站着，但比一百个人张弓搭箭对准他背心还要凶险。但奇异的是，仿佛只要他不出手箭也就不会向他射来一般。

可惜他不能即刻转过去，看来者是谁。

这时候李布衣说话了："你要杀的人已经走过去了。"

杀手没有回头，但他那骄傲的声音可以令人猜得到他骄傲的神情："只要人还活着，我迟早可以杀得到！"

李布衣一听这句话，眼睛就亮了："柳焚余？"

男子一震，缓缓回过头来，两道眉毛像两道苍劲有力的浓墨，在写一首慷慨激昂的词中的一个字时，用力一捺，捺在他方形的额上，他脸容上的神情明明是意外之喜的，但却只是淡淡的如喝惯烈酒的人忽然吞下了一口醇酒，他说："李布衣？"

李布衣如见故人："果然是'翠羽眉'！"

柳焚余也抿着厚唇笑道："幸好是李布衣！"

李布衣全身舒松了下来，像一只遇见恶狗的怒猫已经溜上屋顶晒太阳："如果不是李布衣，这一场架便免不了吧？"他的杀气是因为对方杀意太强而催发的。

柳焚余道："不是。"

李布衣道："哦？"

柳焚余道："如果不是你，我又要多杀一人了。"

李布衣笑道："你是说……刚才的情形，你杀得了我？"

柳焚余道："我知道你的武功，也明了刚才的形势，不过……"

他高傲得像用自信的石头和自负的刀所雕出来的塑像："你说过，我生命线有方格纹护住断折处，大拇指坚实壮直，而且生命线内侧又有一条辅生命线，数条阴骘纹，这是多行善事、祖上有德、大难不死、福寿荣归的象征，所以，你跟我打，死的是你。"

他厚唇牵了牵，令人同时感觉到他是一个残忍而又温厚的人："你的相学，一向很灵，我很信任——比对你的武功还要信任。"

李布衣无奈地笑笑道："我那时跟你说的话，好像还不止这么多吧？"

柳焚余冷沉地道："你说：相由心生，心为相转，祸福自寻，善恶必报——可是，爹爹的死，算是什么报？"

李布衣深深叹息。

他跟柳焚余的父亲柳夕烧原是忘年之交，"美罗大侠"柳夕烧原是锦衣卫中的清正之士，扶弱救贫、舍己为人、生平不杀人的一位名侠，但因暗助忠良后裔而与西厂头子魏彬结怨，魏彬含忿在心，在一次刘瑾出巡时，柳夕烧因患咳嗽而吐痰，魏彬指诬他把痰故意吐在轿子上，有意侮辱刘瑾，柳夕烧因此被凌迟死罪，柳夫人携柳焚余仓皇而逃出虎口，因柳夕烧素来行侠仗义，故柳焚余母子在武林中多受江湖中人接济，柳焚余原本武功已得乃父精传，加上自己精研苦练，剑走偏锋，招走诡奇，杀气凌人，而他双眉奇拔，端丽如羽，外号人称"翠羽眉"。

李布衣在五年前还见过他，柳夫人要他替柳焚余看相，李布衣发现其人生命线深明，虽有断破，但有玉新纹方格框住，而且拇指下掌丘有顺绕着生命线的线纹，是阴德纹，能保平安，心中替死去老友欣慰，当然期望故人之子能免灾解厄，逢凶化吉。

只是五年一别，而今的柳焚余高大硕壮，且全身升腾着杀气，跟以往大不相同。

于是问道："你杀过很多人？"

柳焚余道："我是个好杀手。"

李布衣问："你杀过些什么人？"

柳焚余觉得是对方不信任他的本领，因而被触怒，道："'宝城仙主'庄酒红、'破甲手'唐几、'赤手天尊'余永远、'采薇居士'夏映慈全都是我剑下亡魂！"

李布衣一震，顿即怒道："'赤手天尊'余永远炼紫河车，残伤孕妇无数，自然该死；'宝城仙主'庄酒红却与世无争，你因何杀她？"

柳焚余双眉一剔道："武林中，先后有十六个杀手杀过她，其中十一名死，三名残废，两名从此不问江湖事……我杀了这个号称'杀不死的人'，才是真正的杀手！"

李布衣两眼如电射向他："你就为这点杀她？"

柳焚余冷冷地道："这理由已经足够。"

李布衣强忍怒火，又问："'破甲手'唐几，是内厂少见的正直之士，又因何杀他？"

柳焚余一字一句地道："因为他是魏彬老贼的义弟，这理由更加充分。"

李布衣大声道："好，那么'采薇居士'夏映慈呢？他生平修桥整路、行医济世，从不恃技伤人，还是你父亲生前好友，你又为何杀他？"

柳焚余伸出了两只指头，道："两个原因。"

他冷漠地道："一、他常在我耳畔唠叨，我不喜欢听人常常教训我，谁都一样！"

他顿了一顿，像宣判一个人处决的理由般地道："我收了钱，所以杀他。"

李布衣喟息道："焚余……"

柳焚余加了一句："我不止杀了这几人，还有堵延枯、郭城门、尤一些、霍渔冷……全是我杀的，你省下劝我的话吧。"

李布衣道："你、你这是为什么？"

柳焚余道："谁给我钱，我就杀谁！我要给娘过最好过的生活，我自己也要得到最大的享受……"

他指着李布衣说："假使有人出高价要我杀你，说不定，你也得死在我剑下。"

李布衣叹息道："你放心，"他自嘲地一笑道，"我的价钱一向不低。"

就在这时，刚才在险道上毫无警觉地逃过一场生死大难的那对男女，现在已经嘻嘻哈哈地走向山峰来，男的嗓门特别大，女的嗓子特别清，李布衣和柳焚余同时望去，只见男的粗布芒鞋，女的水绿衣衫，但一瞥之后，立即就感觉到，那女的惊人的美，美得像一支玉坠子在阳光中闪亮，男的本来也雄壮硬朗，可是衬着她的闪亮抢眼，变得像一扇门板似的。

李布衣禁不住道："你要杀他们？"

这一对男女，并非别人，正是古扬州与方轻霞。

古扬州是古长城的独子，方轻霞是方信我的女儿，方信我、古长城与刘破三人原本结义，后刘破勾结阉党，逼害忠良，强娶方轻霞，方信我诈死伏击，因得李布衣之助，除掉了刘破一干恶人，如斯又过了年余。方轻霞向来活泼好闹，见古扬州好不容易来了，便要拉他上飞龙岭拜结发树。

柳焚余没有作响，方轻霞眼睛一亮，喜叫道："李大哥，你一个人来'结发寺'呀？"

古扬州生性木讷，一见李布衣，只喜得张开大嘴合不拢，连忙跪倒见礼。

李布衣伸手扶着，不让他下拜，苦笑道："一个人来上'结发寺'，总比不上方姑娘路上有个伴儿，走在石上跟浮在云上没啥两样。"

他知道方轻霞这姑娘俏丽可喜，但小姐脾气端的是难侍候。

方轻霞向柳焚余瞟了一眼，问李布衣道："李大哥哥，听你刚才说，这人要杀我们呀？"说着又狠狠地瞪柳焚余一眼，却见柳焚余微微向她笑着，这笑容似狐狸瞧见了鸡，再凶的鸡，心里也不由得有些着慌。

由于心头慌了，所以愈发要瞪着柳焚余。

柳焚余道："你是方信我的女儿？"

方轻霞故意仰一仰她美丽的下颔，道："我是方轻霞，方信我是我爹。"她觉得表明了这身份就可以把对方吓得从悬崖仆倒下去一样。

柳焚余忽然觉得一阵昏眩。

柳焚余在五年前的生命，大部分时间，都是在学剑，经历五年前的那场惨变之后，他大部分时间是倚仗一把剑去杀人，以及尽情享受从剑尖上滴的鲜血换来的代价。

他与对手决战时，逢战必胜，除了他"自残剑法"确有过人之能外，他有别人所没有的决心和信心。

他的决心来自父亲蒙冤惨死，令他相信并无善因恶果报应循环可言，所以他放心地甚至不择手段地去杀他要杀的对象，尽情地甚至不顾一切地享用他所得到的东西。

他在欢场中浸过不少时日，他玩过不少女人，随即抛弃了她们，像把一瓶酒喝干之后就扔掉了瓶子一样。

他求一醉，但从来没有真正醉过。

他的信心来自李布衣，李布衣曾对他说明手掌上有阴鸷纹可保渡难，他不信报应但信命运早已主宰人生，他既有这个命，所以跟别人交手的时候，全是拼命。

结果，拼掉的是别人的命。

像柳焚余这样一个见过世面的浪子，玩过的女人只怕比他换过的衣服还多，可是他见到方轻霞，还是感到一阵昏眩，起先是心头一阵热，轰地升上耳朵，脑门像给人用几千斤重的棉花击了一下，迷惚而不受伤，他要好一会儿才分辨得出来：他的恍惚是来自眼前的一团亮。

奇怪的是方轻霞那么娇丽的女子，给他的感觉像是酗酒过后的第二天一睁眼就望见的阳光。

方轻霞不知道对方的迷茫是因为自己的美丽而不是父亲的名头，所以继续说下去："你是谁？竟胆敢来杀我！"

柳焚余长吸一口气，他吸这口气像长鲸吸水似的，空气里每一个分子都在嚷着同样一个声音：我要她，我要她，我一定要了她……可是他说出来的语气已回复了杀手的镇静："如果不是李布衣，你们早已死了十七次。"他的话刚说完，心头像沸腾的蒸气，呼号着那强烈得发狠的心愿。

第贰回 访稼轩 未晚

方轻霞气得粉脸煞白，想骂两句什么，只听柳焚余道："不过……如果我早知道你那么漂亮，关大鳄给的价钱再高，我也不会替他杀的。"

方轻霞气得粉脸煞白，想骂两句什么，只听柳焚余道："不过……如果我早知道你那么漂亮，关大鳄给的价钱再高，我也不会替他杀的。"

方轻霞转怒为嗔："是关大鳄派你来杀我的?"关大鳄是刘破纠众来犯的高手之一，刘破本身、刘尚希以及郑七品、司马挖全都死了，关大鳄却是该役中唯一逃生的高手。

柳焚余淡淡地道："杀的还有古长城、方信我、古扬州……"

李布衣笑道："该还有我吧?"

柳焚余道："有，不过我跟他说了，我不杀你。"

李布衣道："为什么?"

柳焚余道："第一，价钱还不是高到让我冒这个险；第二，我不一定是你的对手，对没有把握的人我不杀；第三，我一生里没几个朋友，我不想再少一个。"

李布衣道："承蒙你看得起，当我是朋友，不过，关大鳄也是阉党那一伙人，令尊就是被这干人所害，你怎么还为他们效命?"

柳焚余冷冷地道："我只为银子效力，不为人拼命；没有人用得了我，所以我不必分谁是主子。"

方轻霞嘴儿一撇道："你杀得了我们?"

柳焚余一笑，两道眉毛像鸟雀羽毛一般平顺光滑："不是杀不了，而是为你，我可以不杀。"

方轻霞杏腮蕴红，叱道："好大的口气——"

柳焚余笑道："不是口气大，是见到姑娘蛤蟆大的口气也变成蚊蝇般的小，只在姑娘玉坠儿般的耳边，嗡呀嗡的，绕呀绕的，也就心满意足了。"

方轻霞扳住脸孔想骂，却忍不住"嗤"地笑了出来，这一笑，比什么都好看，人说沉鱼落雁，这一笑准能教鱼儿都浮上水面要吻，雁儿都自以为是快乐的鹰，直冲九霄忘了下凡尘来。

方轻霞一笑，忙掩住嘴，边骂道："在我耳边嗡嗡，那不烦死么！"

女子听人赞美，再不动声色也不能不动心，就算对方言不由衷，或者居心不轨，也都不能改变这份会说话的镜子赞礼。古扬州虽没有想到柳焚余要化作蚊蝇的说法不只是奉承而且是一种轻薄的姿态，但很不喜欢柳焚余的眼神，仿佛全场只有他自己一个男子存在。

"你跟关大鳄是一伙的？"

柳焚余转首向方轻霞温和地问："你要我答是还是不是？"

古扬州把扬耙在硬地上重重一挫，噔然发出星火，怒叱："那是你的事，关她什么事？"

柳焚余仍向方轻霞柔声道："他是你什么人，怎么对你如此凶？"

李布衣瞧在眼里，心中不由暗叹。

方轻霞听这人说这句话，粉脸绷了起来，道："他待我很好呀，我们的事，要你来管？"

柳焚余立即有礼地道："我姓柳，叫焚余，外号'翠羽眉'，姑娘记住了。"

方轻霞打从鼻喉里"哼哈"一声，仰着明俐分明的秀颔，一双水灵灵的眼睛瞟着天上的白云，以这个姿态来充分表示她的不屑："谁稀罕听你名字了？"

柳焚余却爱煞了她这表情，恨不得能够剪下来，贴到心底里去亲热。

不料"虎"的一声，一耙当头砸下。以平时柳焚余的武功反应，古扬州这一耙休想打得着他，但他而今目眩神迷，仓皇退避，蓦地发觉绝无退路，他大喝一声，自袖中拔剑，连鞘架住扬耙！

这下因仓猝运力，震得虎口发麻，发上儒巾飘然而落。

方轻霞忍不住"嗤"地一笑。

就在这刹那间，柳焚余的脸色全然变了。

他极为男性的脸上陡地抹了一层粉似的，使得眉发更反衬黑得发亮，仿佛这张脸是在新发硎的刀光中反映出来一般。

这刹那间，他已出剑。

他凌空弹起，一剑斩落。

古扬州自恃天生神力，抡耙硬接。

柳焚余掠空而起，第二剑劈下。

古扬州勇奋豪强，扬耙反挫。

柳焚余空中飞舞，刺出第三剑。

他剑势一顿，竟然回刺，依剑锋所向竟然自戕！

忽听一声暴喝："住手！"

剑尖猝然而止，离柳焚余自身不到三寸，柳焚余的眼神比剑还冷，剑芒比秋水还清亮，剑意却无穷无尽，人在绝崖，有一种极浓烈易水萧萧西风冷式的英雄味。

古扬州咕噜道："打不赢，也不必寻死……"

柳焚余冷冷地望着李布衣道："你为什么要我停手？"

李布衣道："你不能杀他。"

古扬州哗然道："他能杀得到我？"

柳焚余露出一丝讥诮的笑意："我为什么不能杀他？"

李布衣道："他是我的朋友。"

柳焚余望了望李布衣，又看了看故作冷漠的方轻霞，长剑入鞘，傲然道："好，我今天不杀他，但迟早有人会杀了他。"

李布衣即问："谁？"

柳焚余道："谷大用不只派了我一个人来杀'大方门'的人。"

李布衣立刻问："还有谁？"

柳焚余道："'阎王令'唐可，'三笑杀人'夏衣，'富贵杀手'项雪桐，'死人宴主'翟瘦僧。"

方轻霞不禁笑了起来，笑声如同清脆的铃响，她自己也花枝乱颤地边笑边说："怎么名字这样怪！"

她笑了一阵，发现人人都绷紧着脸孔，没跟她一起笑，便偷偷地问古扬州："那三个怪名字到底是些什么人？"

古扬州黝黑的粗脸像藏了铅一般地沉重："项雪桐是皇帝近前带刀的侍卫长，也算是肃清异己的御用杀手，我对他所知不多。唐可是番子头，是'九命猫'唐骨的师兄，暗器十分了得；'三笑杀人'夏衣，听说很年轻，辈分却极高，杀人前，先笑三笑，没有人能在她三笑之后还能活命……"

方轻霞笑道："她来了，我跟她比笑过，看谁先没命……"

古扬州也叹了一声，他的性格虽然刚烈，但是听父亲古长城提到阉党杀手唐可、项雪桐等人的难缠难惹，也不免心头沉重。

方轻霞笑问："还有一个什么死人僧的呢？"

古扬州摇首说："我也没有听说过这等人物……"

柳焚余耳朵何等机敏，即道："翟瘦僧有三不杀，一不杀无名之辈，二不杀寥寥之数，三不杀残疾病老之人。"

方轻霞眼睛一眨一眨地亮着道："嘿，这人倒是有所不为，不失正义啊。"

柳焚余微微一笑道："那是因为他喜欢吃人肉。病的老的，他不喜欢吃，吃的如果是无名小卒，他也不开胃，而且吃一个两个，填不饱他，所以他才立下规例。河南'怒剑门'戚家，一家二十七口，便给他煮在一锅子吃了，有时候，他在杀人之前，还逼被杀者吃人肉哩，河北'神兵世家'的老当家干问邪，就给他强迫吃了三个月家人的肉，才给他连皮带骨烹而吃之——"

方轻霞蹙着秀眉道："别说了。"

柳焚余一笑，不说下去。

古扬州忽一拍胸膛，大声道："人再多，我也不怕，去他奶奶的熊，这些王八咱怕了就不是人！"

方轻霞也说："对！去他奶奶的……我们都不怕！"她自幼娇生惯养，不知道粗语究竟有什么意思，以为只是痛快的时候说的，便照说不误，只少一个"熊"字。那是因为无法跟古扬州说得一般粗犷，觉得不够力量，便少说了一个字。

柳焚余看得又怜又惜，笑道："你们现在当然不怕，"转首向李布衣道，"李神相，这次，希望是你最后一次叫我住手。"

李布衣淡淡地道："我也希望你以后不必要我叫住手了。"

柳焚余道："我不让人两次叫我住手而不向他出手的。"说罢深深望了方轻霞一眼，飘然而去。

古扬州摸着后脑，问："现在我们该怎么办？"

方轻霞咬着嘴唇，没有答他。

李布衣道："方大侠、古二侠等都在什么地方？"

古扬州道："他们在山下镇中，没有上来。"

方信我和古长城等因为在"大方门"杀了朝廷"八虎"的走卒刘破等人，所以收拾细软，离开"大方门"，准备远行避祸。

李布衣道："这件事，应该从速通知你爹爹。"

古扬州向方轻霞期期艾艾地道："那么……我们……是不是先下山？"

方轻霞神情像美丽女子在揽镜自照的时候，比读书、画画、抚琴什么的还要专心。

古扬州只好把声音稍微放大了一些；那也只是等于把牡蛎的体积放大成血蚶，绝对跟他平时讲话像号角海螺一般的洪亮相差好一大段距离："我们回去了！"

方轻霞却还是吓了一大跳。本来，她一直在想东西，不觉失了神，也入了神。

方轻霞还没开始骂，古扬州已经知道要被骂了，他豪壮的表情已变成在婆婆面前摔破茶杯的童养媳一般；辩护是没胆量，认错也来不及。"你要吓死我吗？"

古扬州忙不迭摇头说不是。

"还说不是，我已经给你吓死了。"

李布衣笑道："天下还没有那么美的死尸。"

方轻霞这才转怒为嗔："李大哥笑人！李大哥也不评评理，阿古欺负人。"

李布衣道："你不欺负他，已经很好了，他怎么欺负你来着？"

古扬州傻愣愣地道："是啊，我几时欺负你了？"

方轻霞跺足道："李布衣帮他不帮我！你看他上了飞龙岭，

不拜拜结发树，就说要走了，哪有心肝的！"

古扬州忍不住叫道："好哇，原来你全听见了！"

方轻霞鼓着腮帮子道："听见又怎样？你驴叫什么！"

古扬州的牛脾气可忍不住了："他妈的！你听见了又不回应我一声，我才大声说话。"

方轻霞道："他妈的！我听见你不拜神树就走，分明是没有心的，整天笨笨骏骏地逗我说话，我干吗理你！"

古扬州看方轻霞的样子愈骂愈发美丽，心早软了，但却不能忍受她在李布衣面前一声声尽骂自己愚骏，驳回道："我是问你要不要拜，又不是自作决定非要下山不可！"

方轻霞见他还驳嘴，跟平日千依百顺有些不同，给李布衣眼见了，心中更委屈，赌气地说："你要是真对我好，还用问我？用得着这样大声来吓我？我们上山来，不是为拜神那是为什么？"

古扬州牛喘了几声，觉得对方完全不可理喻："什么大声唬你？我又不是故意的，是你故意不应我在先，再说我们上山来时，不曾遇到那妖怪，当然便拜完神树才走，你怎么不讲理！"

古扬州气女人的不讲理，那是因为他知道女人是没有必要讲理的，尤其像方轻霞，那么美又那么可爱，脸上早写满了理由了，所以方轻霞说："你才是妖怪！刚才人家一眼就看出你对我凶，倒是人家明眼，一看你就把你连肠带肚骨子里看了出来，知道你对我不好，怪我还跟你辩护哪！"

古扬州一听，不提柳焚余犹可，一提就火："人家？哪个人家？谁是人家？那是妖怪是不是？人家人家那么亲，还订这头亲来作什么？那家伙妖里妖气，一看便知道不是东西，你眼睛瞟啊瞟的，不时还偷笑哩，真不要脸！"

方轻霞气愤得泪儿挂上了俏脸，愤恨地道："是谁不要脸！我几时偷笑？要笑就笑，用不着在你一对牛眼前遮遮掩掩，人家比你好千倍百倍，管他是什么东西，都不会这样对我！"

古扬州一见方轻霞哭泣，早就心软了，但又听她提起那家伙，不甘心就如此认错，道："他待你好，你何不扯着他尾巴跟去？还假惺惺跟我拜什么结发树？"

方轻霞哭着，一巴掌打去，古扬州也不知没有避还是不敢避，一记耳光，打个正中，两人同时叫了一声，方轻霞是因为惊，古扬州却是因为痛。

李布衣见小两口闹开了，他是局外人管不着也劝不开，趁此道："不入寺先下山是我提的意见，你们要打要骂，第一个先找我，要是当我是外人不打不骂，那请你们也赏几分薄面，别为了这点鸡毛蒜皮小事在我这个局外人面前打打骂骂。"

方轻霞因为掴了古扬州一巴掌，对方却没有还手，她的脾气是晴时多云偶阵雨，来得快去得也快，这一巴掌已使得她忘了吵架的原因，见古扬州抚脸怔怔地看着她，脸上宛然盖图章似脉络分明的五道指痕，不禁噗嗤一笑，用手轻抚古扬州粗脸上的红印，问："打痛没有？"

古扬州本还有脾气，给这一问，九月的闷天雷给秋风吹走，那轻柔的柔荑在他脸上拂过，更是舒服无比，气早消到地底里去了，只说："不痛，不痛。"

李布衣在一旁见两人打打闹闹，只笑道："这结发寺拜是不拜？"

方轻霞"啊"的一声，古扬州看她这样乍然电殛的神情，一天总要七八次，但仍未习以为常，反而一次比一次心吊到半空，忙问："怎么了？"

方轻霞道："该死，跟你拌嘴，爹爹他们还在梅花湖畔，得要赶去报讯。"

古扬州道："那要不要先拜了……"

方轻霞打断他道："愣子。你真是不分急缓，当然是先通知爹爹重要了——"

老侠方信我、古长城，方离和方休，全都在梅花湖畔，破茅舍里跟"梅湖老侠"移远漂纵谈国事，无限感慨。

移远漂本来也是朝廷命官，但因见小人当道，国乱无章，民不聊生，事无可为，便退隐梅花湖畔自保，以平民身份替人们做了不少扶贫匡义的事情。

移远漂退位归隐后，官场交好，多不再相问，他为官之时见同僚明争暗斗，深具戒心，故不纳妻妾，到年老也仅孤身一人，只有一位远房子侄松文映常来探他，起居饮食多所照料，可能因受移老师的熏陶，松文映年纪尚轻，个子也小，但也算是浊世孤清的狷狂傲岸之士。

方信我和古长城特别到梅花湖畔拜访移远漂，除了想在临远行前再跟老朋友见一面之外，也想从移远漂的介绍，直接投靠白道总舵"飞鱼塘"的沈星南。

移远漂也明白他们此来的用意。

待松文映上了茶，方轻霞便央方信我准许她和古扬州上飞龙岭拜"结发树"。

移远漂摸着下颔几绺黄须，道："咱们都是七老八十的老头子，难得方兄、古兄来看我这老骨头的，也不知道有下一回见面没有。"

古长城的紫膛脸紫得发黑，为人脾气比他这张脸的颜色还要深明。"移四哥是'飞鱼塘'外围'老头子'高手，咱们加入'飞鱼塘'还怕没有相见的机会！"

移远漂的回答，完全风马牛不相及。

他说："梅花湖畔近日发现了一颗石头，不论白天夜晚总是放着奇光，你们要不要去看。"

古长城怫然道："你……！"

方信我会意地道："好，就烦移四哥引路。"

于是一行人，离开茅舍，沿着梅花湖边走，只觉得风景绝美，湖面清静得像一面临照的镜子，天灰蒙蒙，艳丽景色都被镀了一层淡哀的灰意，更添寂意，仿佛在这里赋诗，诗里总是有湖里倒映孤树的凄清，其实，枯枝上正绽放着嫣红的红蕊，池里的鱼儿相嬉，快乐欢畅，但总是抹不去这梅花湖的愁意。

湖畔十数游客，多为文人雅士，也有人泛舟湖中，轻歌袅袅，却只增添了伤感。

方离悠悠地吟道："暗香浮动，争似孤山探梅……"

方休不耐烦地道："吟什么香啊梅的，如此大好风景，咱们泛舟去。"

两人走在后面，低声谈话，方信我、古长城、移远漂等并不为意。

方离依旧吟哦："……访稼轩未晚，且此徘徊……"

方休问："你吟的诗，究竟是你自己作的还是抄的？"

方离一愣道："作的又怎样？抄的又怎样？不能吟诗么！"

方休耸耸肩道："其实作也无妨，抄也无妨，不过大丈夫最忌东偷西抄，既不像自己，也不是人家的，做诗人便要写赢李杜，不然，干脆拿刀去，十步杀一人，千里不留行。"

方离冷笑道："可惜你投笔从戎，这一双刀也未能倚天万里，更未经铁马金戈。"

方休傲然道："大哥，我不像你不痛快，总有一天，我要恃宝刀闯荡江湖，以决斗的鲜血染红我的斗志。"

方离深不以为然，正想说话，忽听古长城不耐烦地大声向移远漂喝问："那发光的石头呢？"

移远漂微微一笑道："古二侠，只要你心里有光，任何石头，都是大放异彩的。"

古长城淡眉皱了起来，反而看去浓了一些："你说什么疯话？"

方信我在一旁悠然笑道："不是风动，不是石动，而是心动。"

古长城跌足道："你们别打偈，打偈的我都听不懂，人都有一张口，是用来说话骂架吃饭的，哑子才打哑谜！"

移远漂道："坦白说，我虽老得一只脚已经跨入了棺材，但是我不想就此老死。'刀柄会'邀我加盟，先在虎头山红叶庄聚首，后在这儿一带成立分舵，点苍、括苍、雁荡、黄山、'青帝门'、'飞鱼塘'都会派高手前来加盟，两位何不留在此地助我共图大业，同襄盛举？"

古长城睁大了铜铃也似的双眼，瞪住眼前疲惫瘦小的老人，似在怀疑他瘦马似的倦躯怎能装载得下大象般的野心。

方信我耳际听得方离、方休似在争执，知这两个儿子，个性迥然不同，时常顶撞，因要进一步商讨大事，便叱道："吵什么？闷了游船去，别在这里闹闹。"方离、方休都住了口，应了一声。

第叁回 落花剑影

　　梅花湖上落了一湖凄然的绛红。湖边的梅树，淡迷的景致，好像一个略带忧愁的美人清晨梳妆，却蛾眉未展一样的心情。

梅花湖上落了一湖凄然的绛红。

湖边的梅树，淡迷的景致，好像一个略带忧愁的美人清晨梳妆，却蛾眉未展一样的心情。

方休道："没想到梅花湖比许多风景绝美的名胜都美得多了。"

方离道："本来就是这样：名不一定符实，有实不一定有名。"

方休忽道："可是这样子的美人，只怕所有的有名美人跟她一比，却宁愿做她发上的头饰了。"

方离瞧他眼睛发着亮，就像燃着的烟花一样，循他视线望去，只见一艘蚱蜢舟，舟上一个绾宫髻的女子，怀愁凝望水色山光，湖上的绛红都不比她叫人心碎。

方离忽然发觉古人诗家笔下的美人，都不及这女子秀眉微蹙的高雅，都不及这女子顾盼回眸的明媚，比起来，连诗都变成了饭，可以吃下去吞下去，这女子却不可触及。

然而他只是从水光中看那女子的倒映，还不敢真正直接地相望。

舟子在湖边流晃出涟漪，一波复一波，连绵绯缠得像多情的圈结，那女子居然向他们舒颜一笑，语音高雅，但又直教人心里亲近："两位临湖赏梅谈天，不泛舟寻章撷句吗？"

方休已完全被这高贵亲切的绝色女子迷住，只觉得千万句喉头里涌上来都是赞美，但每个字都俗不可耐。

方离笑道："怕是一叶蚱蜢舟，载不动许多愁？"

女子两只似笑非笑的眸子凝睇向他："哦？是公子怀愁么？"

方离道："是姑娘似略带愁色。"

女子嫣然一笑道："那我一定太重了，不然怎么连舟都载不动?"

方休大声道："若说姑娘也嫌太重，那么天下女子，不是羽毛就是石头了。"

女子嘴角蕴着笑意，态度落落大方："我呀，不是羽毛也不是石头，我只是——"

她终于笑了，起先是春风一丝挂上枝头，然后是柳絮轻摇，使得一池春水也轻狂了的笑意。"我只是笑。"她在笑容最令人迷醉的时候补充了一句，"三笑过后就要杀人。"

说完她就出了手。

天下有不少杀手，杀手中有不少好手，他们杀人的方法之厉害、布局之精炒，直叫人无可防御，无从抵挡。

像杀手唐斩、王寇，他们杀人的手段，都出人意表、石破天惊，有的杀手像屠晚，能够把对方生辰八字写入一只鳗鱼肚子活杀，就能杀死对方，怪异莫名，也有"舟子杀手"张恨守，专在江中杀人，令人进退失据。

但从来没有一个杀手那么美，出手也那么凄美，像一朵花不愿意开到残了所以徐降于水上，随流飘去。

夏衣杀人，使人死得甘心。

死得无憾。

方离、方休，都忘却了抵挡。

夏衣这一剑原本可以同时杀掉方氏兄弟，但是凭空一根竹杖飞至，圈点拍打，夏衣单剑分化为二，与竹杖相搏七招，始终攻不进竹杖的防守范围里。

方休失声叫道："李布衣……"

高贵女子夏衣忽然自船上飞起，落在湖上，她的足尖点着水上绛红色的花瓣，忽踩在柳丝上，手中的剑光从未停过。

李布衣的竹杖依然回缠着她的剑光。

夏衣忽然像一只彩凤般掠上梅枝。

李布衣也和身而上，两人在梅树上交手，水中倒影却像两人在天上翩翩而忘我地舞着。

方离、方休浑忘了自己刚渡过生死大难，为眼前这场湖光山色落花飘零的决战而神醉。

树上两人，一声娇叱，一前一后落了地。

夏衣狠狠地盯着李布衣，从来没有一个女子能在那么狠的时候看人也那么美丽："你是李布衣?"

李布衣笑道："'三笑杀人'夏衣，落花剑影，名不虚传。"

夏衣绷紧了脸没有笑，更有一种逼人的嗔："这不关你的事，你何必要来蹚这一趟浑水?"

李布衣叹息道："不行。"

夏衣道："什么不行?"

李布衣道："谁杀不该杀的人，都不行。"

夏衣悲愤地一笑："也许发生在我身上，你就不会说不行了。"

李布衣长叹一声道："夏姑娘，天网恢恢，疏而不漏，以前发生在你身上的事，的确很悲惨，可是你既深了这种悲痛，就不该把悲痛施加在别人身上。"

夏衣忽然不狠了，情感像要崩溃似的，又极力抑制着，道："我明了这种痛苦，可是又有谁明了我?"

她郁郁一笑："反正我在你面前也杀不掉这几个人。"

李布衣笑道："夏姑娘，你笑得真好看，可是，你已对我笑了两次了，我不希望你再笑第三次。"

夏衣偏了偏首，露出稍带稚气的可爱神情："你怕我杀你？"

李布衣诚恳地道："夏姑娘如果不三笑就杀人，我愿意天天看姑娘笑，也愿姑娘天天笑、时时笑。"

夏衣忽然微微一笑别过头去，李布衣看了也一阵心动怦然。

"我已对你笑了三次，你这条命，暂寄着吧。"足尖一点，就要离去。

李布衣忽唤："等一等。"

夏衣回首，李布衣把竹杖徐伸向前，道："这是姑娘鬓上的花。"

夏衣不自觉地用手摸一摸云鬓，才知道发上的花不知何时已不见，却让李布衣的杖尖平平托住，送到自己面前。

夏衣忽然感觉耳颊一热，拂剑掠起，抛下一句话："我不要了，你丢了吧。"

夏衣的腰身一连数闪，便在梅花湖畔消失不见。

在方离、方休的脑海里，夏衣高挑、婀娜而纤细带丰腴的身姿，真像镌刻入心入肺去一般，要永垂不朽的。

李布衣也怔了一阵，伸手取回杖尖上的白花，花朵很小，花蕊轻黄，但花瓣足有二三十瓣，很是可爱，李布衣不禁放到鼻端闻了一闻，这清香袭心却使李布衣有一阵深深的感触。

就在这时，一阵轻笑和几下掌声同时响起。

笑和拍手的人都是方轻霞。

方轻霞笑靥如花，刮脸羞李布衣："羞羞羞！采花大盗偷了人家的花，人家不要，退还给你呢！"

她和夏衣的笑是截然不同的。方轻霞笑得像一朵会发光粲然的花，笑起来可爱而得意，稚气而伶俐；夏衣高贵中略带伤愁，一旦笑起来，明丽、娇艳、妩媚都像一张琴三条弦同时弹动的和音。

李布衣听了，却正色向方轻霞道："夏姑娘为人不坏，她之所以沦为杀手，跟她幼时的遭遇不无关系——以后如果见着她，万万不要在她面前提采花大盗……"

方轻霞星眸微睁："怎么？"

方信我、古长城、移远漂这时早已围了上来，古长城眉心皱得都是直折纹，问："李神相又从相学中知道她的过去么？"

"不。"李布衣沉重地道，"夏姑娘原是米嫣米姑娘的挚友，我是从米姑娘处得悉的。夏姑娘九岁的时候，曾经遭到四名丧心病狂的强盗轮奸，这在她幼小的心灵造成莫大的创伤，这才使得她日后成为杀手……唉，以她的本性、禀赋，实在是太过不幸……"

众人听了，都觉心头沉重。方氏兄弟见夏衣高贵的姿容，更不敢相信那是实事。

方信我抚髯道："要不是布衣神相及时赶到，我这个老不死的，就得要白头人送黑头人了。"

古扬州抢着道："岳父、爹爹，来行刺的不止是夏衣，还有唐可、项雪桐和翟瘦僧和柳焚余那妖怪呢！"

方轻霞知道他故意把柳焚余说成这样子，狠狠地瞪了他一眼，方信我等却大为震讶：一个"三笑杀人"夏衣已经够难对付了，何况还有唐可、项雪桐、翟瘦僧和柳焚余？

移远漂道："夏衣既然能找到这里，其他的人也一定找得到，我们先撤离，到虎头山去再说。"

方信我、李布衣、古长城、方离、方休、古扬州、移远漂七人赶回茅舍的时候，迷雨已经开始飘落。

移远漂奔在前面，推开门，向里叫道："映儿，快收拾行装——"突然之间，眼前一蓬金光，乍亮起来。

一个平常人，通常刹那间里做不到什么东西，至多只能眨一眨眼，震一震，或尖叫一声，但在武功高强的人来说，一刹那已足够杀人或免于被杀了。

移远漂的武功相当高，他的反应却因年纪老大而较缓慢——这是任何人都免不了的悲哀，一个人可以因年龄高而经验更丰富，但体力则相反下降，岁月其实是习武人最忌畏的东西。

那蓬暗器他其实可以躲得开去，或者也可以将之拨落，只是那蓬暗器是光。

光芒。

光芒使他目不能视。

他至少因闭眼而缓了一缓，这一缓使他眉心一疼，仰天而倒。

在后面的方信我瞥见他额上嵌了一面令牌，惊叫："移四哥——"转而怒喝道，"阎王令？！"

夹着这声断喝，方信我、古长城同时踢门闯入。

茅舍里一个猥琐的精悍小个子，正破茅舍后窗而出。

但这人才闪了出去，又跌了回来，捂住心口，眼光狠狠地望向窗口。

窗口外伸出了一根竹竿。

竹杖尖沾有鲜血。

然后，一个人徐徐站起，慢慢在窗前浮上头来，这人正是一见移远漂遇刺即飞掠至茅舍后窗下的神相李布衣！

室内十分幽暗。

这时方信我掣出大刀，古长城抡起铁耙，向唐可迅速围逼了过去。

唐可手上紧紧抓住一方盒子。

他突然打开了那盒子。

一道强光，疾射向方信我脸上。

方信我只觉耀目难睁，横刀一格，"当"地震飞一面飞令。

方信我被这阻了一阻，古长城的大耙却开山裂石般锄了下去。

唐可的盒子，又向古长城掀了一掀。

一道金光，疾射古长城！

古长城铁耙回守，格飞令牌，唐可掠起，一脚踢翻桌子，把桌子下捆绑的人揪了出来，叱道："谁再过来，我先宰了他！"

那被制住的人便是脸色青白的松文映。

方信我和古长城一时顿住，刚冲入暗室的方离、方休、方轻霞和古扬州，也都怔住。

方信我道："你要怎样？"

唐可道："放我走，不然我杀了这人！"

松文映脸色青白，在暗室里更是无助。

第三回

方休叱道："你杀了移四爷，怎能放你走！"

唐可狞笑道："不放，就一起死。"脸肌忽抽搐一下，胸前的鲜血已经湿透了衣襟。

方离急道："放他吧。"

方休截道："不行！"

蓦然，唐可"噫"了一声，手一松，盒子掉落，全身像给抽尽了筋一样，软了下来。

他全身虽已瘫软，头部却还是挺直的。

大家这时才看见，茅舍顶上正有一根竹杖，一寸一寸地自唐可头顶抽回。

——原来是李布衣在屋顶以竹杖刺入了唐可的脑部，把他杀于当场！

竹杖抽完，唐可倒下，大家这才松了一口气。

李布衣飘然而下，眼睛里有一种出奇地悲哀，有几分像后悔，但不是后悔，有几分像是同情，但也不是同情。

方信我道："还是多亏了布衣神相！"

古长城道："咱们连累了移四爷！"

李布衣微喟扶起松文映，正想解索，突然，松文映身上绳索寸寸断裂，整个人猝地"胖"了起来，在李布衣不及有任何行动之前，已向李布衣脸上"吹"了一口气。

第肆回　杀手杀手杀手

　　李布衣每次能在遽变中绝处逢生，除了他武功高、应变快、运气好、头脑清楚之外，他在相学上的观形察色，料敌机先，也极为重要。

李布衣每次能在遽变中绝处逢生，除了他武功高、应变快、运气好、头脑清楚之外，他在相学上的观形察色，料敌机先，也极为重要。

可是这一次他望向松文映，反而使他在惊骇中震了一震，这一震，造成了对方在他未及能有反应之前，一口大气"吹"个正中。

李布衣之所以会震颤一下，那是因为他在极其幽诡的光线里看见了松文映的脸！

没有一张脸更能令李布衣感到惊愕！

因为那是一个本来已死去的人之脸孔！

那是"小珠"——萧铁唐——的脸。

《风雪庙》的故事里，萧铁唐假扮无依女童小珠，图捕杀项笑影、茹小意、湛若非、秦泰等人，结果杀了无辜的石头儿，已给李布衣揭露身份，萧铁唐以凌厉气功二次攻向李布衣，都给消解于无形，情知不敌，自戕当堂。

然而就在这阴暗的角落，已经死去的萧铁唐，又"活"了起来，出现在李布衣眼前。

李布衣饶是大胆，也不免怔了一怔，这一怔，萧铁唐那一口气，已吹在他的脸上。

李布衣只及时做了一件事：那就是把他的内力，全运聚于五官上。

萧铁唐"吹"了那口气，霍然而起，挥拳怒击李布衣胸前！

李布衣一吸气，看似胸膛忽凹陷了下去，其实是一退七尺。

李布衣刚站定，方信我、古长城等都挥舞兵器，围住了萧铁唐，怒喝："你是谁!?"忿叱："你不是松文映!?"

萧铁唐的声调十分特异，就像看见一个女孩子脸上长了胡子一样奇诡，所以他的笑声也像呜咽一般难听："你们去问他，他知道我是谁。"

众人望向李布衣，李布衣捂胸白着脸道："萧铁唐。"众人脸色皆变。

李布衣随后惨笑道："我早知道你还未死……"

萧铁唐淡淡地道："我萧铁唐怎会因为打不过你就自杀呢?"

李布衣只有苦笑："你想怎样?"

萧铁唐道："你已被我气功所袭，我想怎样就怎样，你能奈我何?"

李布衣似乎还想说些什么，但喉头一阵格格作响，仰天倒下，又挣扎起来，勉力盘膝跌坐。

萧铁唐冷笑道："想以内力逼住伤势么?"倏向李布衣跨去。

同时间，刀光一闪，一刀斫向萧铁唐。

出刀的人是方休。

他这一刀发出来的神情，似有大侠锄奸替天行道之威，但他的刀法却没有这般值得气豪!

这一刀，萧铁唐根本没有闪躲。

刀斫在萧铁唐身上，刀口反卷，方休只觉虎口一震，手中刀几乎脱手飞去。

方信我暴喝道："好气功!"大刀一挥，皓发白眉、银须，同时激扬开来，须发中一张红脸，威武已极，但这一刀，要比他神情更威武上十倍!

方信我斫出这一刀的时候，先吐气扬声，萧铁唐也暴喝一声，却没有闪躲。

这一刀斫在萧铁唐胸前，"当"的一声，如中铁石。

萧铁唐身子十分矮小，而且阴阳怪气，绝不硕壮，只是猛运起气功来的时候，全身就硬绷得像一颗铁馒头！

古长城不理他是铁是钢，一耙兜头锄下！

萧铁唐对古长城的天生膂力，以及这巨型重兵器铁耙有些顾忌，未等耙尖锄至，突然全身"胖"了起来，"吹"出了一口气。

这一口气吹出，萧铁唐自己立时像晒干了的柿子一般，瘪了下去。

古长城眼见李布衣给萧铁唐吹了一口气，也不支倒地，知道这气功非同小可，忙收耙避过，他虽避过正面，但身子仍给一股狂风卷起，百忙中一耙锄入柱中，双手紧执耙尾，双脚离地，全身被狂风吹得与耙身成一字水平，才没被吹走。

当狂飙骤止，忽觉眼前大亮，原来茅顶茅舍，全被吹走个精光，只剩下几根深埋入土的柱子未被吹走。

萧铁唐怪笑道："你们几人，加起来都不是我的对手。"

方信我、古长城、古扬州、方离、方休、方轻霞纷纷掣出兵器，包围萧铁唐。

萧铁唐道："我抓了李布衣回去，自然是大功一件；杀了你们，也好向谷公公、魏公公交代。"

萧铁唐是御前"八虎"中罗祥的心腹，缉拿李布衣是"八虎"之首刘瑾所命，罗祥力荐萧铁唐担任。而追杀"大方门"，是另外两个太监魏彬及谷大用之意，因为死去的刘破、郑七品全是他俩人的手下，萧铁唐也想顺此杀了"大方门"的人，好向刘、罗面前讨好，也可向魏、谷面前认功。

萧铁唐是锦衣卫中最辣手的一个。他整治犯人的时候，据说连素来嗜杀喜虐的其他同僚，也不忍卒睹，远远地避了开去。有次他杀一个人，一面杀，一面吃，居然能吃了他七天而不死，连翟瘦僧都服了他。

萧铁唐的武功高在于他的气功。他的气功比任何武器更难抵御，任何人都无法抵挡风力。他只要自丹田发力，以风力伤人，可怕的是他一向以服五毒为餐，自蕴毒力，所吐的劲风自有毒质。每逢他一运功，全身如同铁铸，刀枪不入。

任何东西的得到都要付出代价，萧铁唐也不例外。

所以萧铁唐身子只停留在十一岁时候的发育，从嗓子到生理都难分男女。

李布衣冷不防给他吹了一口气，不但受了伤同时也中了毒。

第二个被吹倒的是古长城。

他们四张刀、两根耙，劈击在萧铁唐身上，萧铁唐都挺住了，但他深知对他最具威胁的是杀伤力最大的古长城。

所以他拼了在脑门上挨了古长城一耙，也掩到古长城身前，一把抱住了他，一口气吹灌入他张大的喉里。

而古长城的口已成了千呼万唤的无声。

同时间，一耙四刀，已击在萧铁唐的背心，萧铁唐一个趔趄，又立住了脚步，缓缓回身。

他最忌畏的敌人，只有李布衣。

可是如今李布衣虽死不去，但数日内休想有动手之能。

这几个人虽不好对付，但他始终能一个一个地除掉——现在他已经除掉了一个。

古扬州正抱着父亲号啕大哭。

萧铁唐吃了古长城在"百会穴"上的一耙，他虽然已经到身外无罩门可袭的地步，但这一耙仍叫他混混沌沌的不好受。

他决定先调息一口气。

——练气功的人最重要的是一口气。气顺，则调，气不顺，则等于废。

他调息的时候，整个又瘦小枯萎了下去，像一个小老头——一颗冬天还未被撷掉的夏季果子。

方休尖呼道："你伤了古二叔！"

方离大叫道："我们要报仇！"

方轻霞俏脸像她手上的刀光一般锋利："操你奶奶的臭侏儒，我——"

方轻霞根本不知道"操你奶奶"是什么意思，她这些话是平时听古长城父子说多了，也学会了，根本不知道女孩子家不可以说的，也不能说的。

故此时她一生气，用来骂人，正如许多人讲口头禅一样，对口头禅的真正意思并不了解。

可是"侏儒"两个字，令萧铁唐震怒。

—— 一个矮子最怕人说他矮，一个害羞的人最怕人说他害羞，一个心术不正的人最怕给人指出他心术不正……当然也有人坦然承认的，但那在人格上已经算是一个"人物"了。

萧铁唐不是个"人物"。虽然他一直想比当年叱咤风云的萧秋水、铁星月、唐方还著名。

一个人在性格上有可取之处才能算是个人物，不然，就算怎样疯狂地想成为"人物"的人，仍然不能算是"人物"。

萧铁唐因"侏儒"两个字而震怒、愤恨，而至杀机大现。

他指着方轻霞，说一个字像把一口钉子一寸寸钉下去："你死定了。"

方信我忙挺刀护在爱女的面前。

可是连他自己也知道，他难以保住他的女儿，不过，他宁可自己先死。

就在这时，一条人影，梦幻般疾闪而至。

这人一到，手自袖中出剑，刺中古长城，剑势倒曳，让剑尖上的血沾落地上，才挽剑诀而立，像风中云端，似水中岩，神完而气定。

古长城本已在弥留状态，给这一剑，刺在咽喉上，登时断了气。

古扬州大吼："爹——！"

萧铁唐看清楚来人，笑道："你来得正合时！"

这来人一双眉毛，像两片彩羽飞入云端，深刻的五官都勾勒出坚定与傲岸。

"翠羽眉"。

柳焚余。

柳焚余一出现便杀了古长城，然后深深地望了方轻霞一眼，就不再望。

"萧大人，你的气功，我看可以说是天下第一了。"

萧铁唐知道自己决不会是"天下第一"，但气功是他最得意的武功，为练它所花的代价也最大，柳焚余的赞美，使他感觉到所付出的代价都是值得的。

是以萧铁唐笑道："这不算什么，我还有——"

他下面一个字是"更"字。

只是这个"更"字已经"哽"住了。

柳焚余闪电般的出剑，一剑，刺入他张开的嘴里。

柳焚余一剑得手，抽剑，翻身，后退，一退丈余！

但在他未退去之前，身形甫动未动，萧铁唐已一拳打在他胸膛上。

柳焚余退开去的时候，剑自萧铁唐口里拔出，血如箭泉射出，但一滴也沾不到柳焚余身上。

他落在丈外，冷冷地看着萧铁唐，刚才的刺杀，好像跟他一点关系也没有。

萧铁唐的身子如风前蜡烛般地晃动着，捂嘴喷溅着鲜血，"你……"下面的不知是要说什么。

方信我觑着时机，一刀斫下，萧铁唐的气功已被柳焚余所破，这一刀把他身首异处。

就在这时，柳焚余飞起，一手挟持住方轻霞，云彩般掠起。

方离失声惊叫道："你干什么？"

方休一刀劈出，剑光电掣，这一刀已被剑光卷歪。

古扬州怒吼一声，一耙向柳焚余背后锄下！

以柳焚余的武功，要避开这雷霆电击的一耙，也在所不难，但他的身形突然像兜心打了一拳似的一颤，古扬州那一耙，险险击中了他，虽然终于避过，但也扫落了他头上的儒巾。

柳焚余去势如电，待古扬州、方休想再第二次出击，方信我、方离正要出手的时候，柳焚余已挟着方轻霞，直掠了出去，竟凌空踏着静水如镜的湖面，海鸥般飞去，转眼消失了影踪。

茅舍已没有茅草。

地上却有死人。

死的是唐可、萧铁唐，还有移远漂、古长城，以及被杀死在桌底的松文映。

对方死的两人虽然是好手，尤其萧铁唐更是一流高手，但自己方面死的也是一流好手，何况李布衣还受了重伤。

古扬州当然是极其伤心。真正担心的是方信我。方离的心乱成一片。方休却被兴奋、紧张，以及一种热爱自己尤甚一切的自大和莫名的愤怒弄得忙不过来。

过了好久，直至把古长城、移远漂埋葬之后，李布衣才能说话，这时候他的脸色，跟死人没什么两样，可是眼神一反平日的深懵，炯炯有神："方老，到虎头山去……"

"我中了萧铁唐毒气功，运功迫毒，也非要四五天不能痊愈……我跟你们一起，反累你们照顾……"说到这里，徐徐闭上双眼，从他抽搐的脸肌可以想象到他的肉体上所受的痛苦。

方信我激动地说："李神相是为我们而受伤的，我们怎能撇下你不管！"

李布衣无力地道："这儿附近的浓美湖，住了温风雪，我到他那儿……自然安全，你们……放心，我一旦好了，就去找你们……你们得要先赴虎头山，联系上'刀柄会'的盟友，便……不怕了……"

其实温风雪是住在旗峰瀑谷，这儿根本没有他的朋友。李布衣自知是敌方誓所必杀的对象，何况还受了伤，若不这样说，方信我决不会让他一个人留在这里。

他看着方信我担忧的神情，勉强以竹杖支撑着身子，蹒跚走去。

方信我沉思着李布衣临别前的一句话："你气色不好，一路上，多多保重。"

方信我反问了一句："你不是说我下停丰匀，有老运吗?"

李布衣叹道："相在脸上，是常，气色浮移，是变；一切都在常与变中，天道无亲，仁者多福。何况，那次看相，到现在，又过了年余了。"说罢扶杖踬蹭而去。

方休向方信我气冲冲地说："爹，我们追那恶徒救妹妹去!"

方信我横刀而虎目含泪，道："走! 天涯海角，也要把霞儿救回来!"

第伍回 小姐与流氓

柳焚余挟着方轻霞，逃了很远。黄昏挂起了暮纱，这儿一带平原静谷，远处长河闪着粼光，静静地流着，山边人家袅袅升起了炊烟，静静地亮了窗边的灯……

柳焚余挟着方轻霞，逃了很远。

黄昏挂起了暮纱，这儿一带平原静谷，远处长河闪着粼光，静静地流着，山边人家袅袅升起了炊烟，静静地亮了窗边的灯，天边几颗星星，眨着眼，也是静静的。

柳焚余疾如风地走着，给他夹在腋下的方轻霞，不是不挣扎，而是一口气喘不过来，像孙悟空给金箍圈束住，挣扎不得。

忽然，方轻霞觉得面颊上有些湿漉，她起先还以为是下雨，后来乍发现原来是血！方轻霞尖叫了一声。

柳焚余猛然停下。

他奔行何等之急，如鹰如矢，但说停就停住，绝不含糊。

方轻霞在路上叫着、喊着、踢着、哭着、咬着，可是柳焚余都没有理会。

因为他知道那是很正常的事。

最后方轻霞哭累了，喊累了，也就不喊了，几乎昏昏欲睡了，这突如其来又一声尖叫，柳焚余知道绝非正常。

他慌忙放下了方轻霞。

方轻霞被力夹了好长时间，突又脚踏实地，她顿觉浮在云端一般，站得晃晃欲跌，柳焚余一把扶住了她。

方轻霞呻吟道："我死了我死了我死了……"

柳焚余也紧张起来问："怎么？"

方轻霞指着玉颊，哭叫道："我受伤了，还流了血……"

柳焚余看了看，笑道："是我流的血。"

方轻霞怔了怔，一面哭着一面摸摸面颊，自觉并无受伤，这才放心，只见柳焚余嘴角不住淌出血水，手臂也给血染红了几处，方轻霞这才想起，柳焚余曾给萧铁唐当胸打了一拳，至于手臂，却是给自己咬伤的，便再也哭不下去了。

但她还是一样振振有词："我给你夹死了。"

柳焚余绝不是个好人。

好人与坏人之间的分别，本来就极难划分，只是，柳焚余自己也肯定自己不是好人。

世界是有很多人因为一句无心的话而想到邪道上去，也有很多人对一句有意的邪话而一无所觉。

柳焚余无疑是属于前一种。

所以他听了方轻霞那句话，暧昧地笑了起来，道："你也可以夹死我。"

方轻霞瞪了他一眼："什么意思？"

柳焚余只觉她眼睛有一种傻憨憨的艳美，使他有一种被美丽击倒的感觉，轻言浮语都说不出来，只道："有意思得很。"

方轻霞又白了他一眼，望望周遭，道："这里是什么地方？"

柳焚余耸了耸肩。

方轻霞道："你带我来这里干什么？我要回去了！"

柳焚余望着她，摇首。

方轻霞跺足嗔道："本姑娘说要回就回，要走就走！"

柳焚余还是似笑非笑地摇头。

方轻霞嘟嘴道："我不管。"她随便择了一处比较空旷的地方就走。

柳焚余一闪身，拦在她的身前。

方轻霞美目一瞪，嗖地闪向另一边，想溜了过去，但一闪间柳焚余又挡在她的身前。

如是者，方轻霞换了七八个方向，仍是给柳焚余截着。

方轻霞顿足拔出双刀，叱道："你再拦着，别怪本姑娘不客气了。"

柳焚余微张双手，一副悉听尊便的样子，方轻霞看了就气，双刀如穿花蝴蝶，一左一右，一前一后，一上一下，飞斫柳焚余。

可惜柳焚余不是蝴蝶。

他一出手，指节叩在方轻霞右手手背，使得她右手刀落地，柳焚余一手抄起，以刀柄架住方轻霞左手刀，再沉肘撞落她左手的刀，又用另一只手抄住，同时间双刀已交叉架在方轻霞颈上。

方轻霞又气又羞，就是不怕，叫道："你杀，杀呀！"

柳焚余还是笑着，摇了摇头，脸上有强烈的疼惜之意，方轻霞对人家这样看她的表情，倒是像养鸟、饲鱼的人赏鸟、观鱼一样，鸟儿、鱼儿习惯了人的眼光，也不心惊得扑打翅膀或跳出水面了，更没有受宠若惊的感觉。

方轻霞深吸了一口气，道："那你想干什么？"

柳焚余笑着，这一抹很令人心动的微笑刚在他脸上展现的时候，晚空一弯新月，刚刚浮起。

他把双手搭在方轻霞肩上。

方轻霞看着那微笑，看着看着，觉得自己的心像水塘，给一个莫名的微笑惊乱了。她像小兔子躲避猎人时先观察一下四面的生机，只见荒谷寂寂，暮晚徐近，星星在空中一霎一霎的，山谷里的灯火也一闪一闪的，蛙鸣一声接一声的，都衬托出寂静。

不知怎么的，她无由地感到害怕，那感觉就像母亲在她童年亡逝之后，她一直做着一个梦，做着做着，忽从高处摔下来，那么缓慢、那么无依、那么凄楚，然后她落在一个男子的手上，这个男子的脸孔，完全是陌生的：自己未曾见过的，但仿佛比父亲还要熟悉。每次她梦到这里，便自梦中乍然而醒，惊出了一身热汗，父亲为她揩汗，并安慰她不要害怕，她只感觉到连父亲都是陌生的，心神仍在无依无凭中久久未能自拔出来。

无论这梦从什么地方开始，结果都是一样。

然而，在这幽寂凄美的山谷，一个男子，面对着她，使她觉得安全，而又无依无助。这种感觉那么迫切，使她经历了梦，看到了梦，并攀住了梦醒边缘。她却觉得自己不曾醒来。

她用力咬住了下唇，忍住没有哭。

柳焚余用力捏着方轻霞肩膀，看着小女孩要哭的表情，那么娇，那么无依，而又那么倔强聪明慧黠的样子，他心里一阵激动，真想把她娇怜的身躯，大力地、紧紧地、挤出生命的光和热地拥在怀里。

但是他并没有这样做。

他也不知道为什么。

他缓缓缩回了双手，叹息道："你怕我？"

方轻霞天生就是天不怕、地不怕的脾气，尽管她此刻心中脆弱得像一朵近晚的向阳花，但她把胸一挺，说："才不怕！"

柳焚余的眼睛落在她的胸脯上。

方轻霞用力咬着嘴唇，唇上尽失血色，但是眼睛像星星一般亮，像一个怯怕的小女孩子，却有明丽的脸孔、明亮的个性。

柳焚余道："你不怕就不要回去。"

方轻霞十分戒心："我为什么不回去。"

柳焚余指指心口道："我为了救你，所以才杀萧铁唐，这里，给打了一拳。"

他笑笑道："我对你有救命之恩，现在受了伤，你总不能让我一个人留在这里。"

方轻霞道："我又没有央求你救我，你受伤是你的事。"

柳焚余道："你知道我杀了萧铁唐的后果？"他冷冷地接道，"我本来是阉党手边红人，现在杀了萧铁唐，他们当我是背叛，东厂、西厂、内厂和锦衣卫，都会杀我为讨功——我为了救你，这样的牺牲还不能叫你留一宵？"

方轻霞设法把自己武装得很冷漠、很骄傲，已经看清楚了对方的真面目，不屑地道："阉党有什么了不起，他们追杀我们'大方门'，我们还不是好好的！"

柳焚余听了生气，道："好，就当我不曾救过你好了。"

方轻霞嘟腮道："谁要你救了！"

柳焚余忽然发觉自己仿似跟初恋小情人斗嘴一般，忘了女人在找碴的时候都是不可理喻，于是笑道："这里是荒郊，既偏僻，又闹鬼，这么黑我可不认得路，明天我带你去找吧。"

方轻霞想到漫长的黑夜要在这里度过，不禁声音都冷了："我要回去！"

柳焚余事不关己己不关心地道："要回，你自己找路吧——路边乱葬岗，死人在你耳旁吹气，你不要回身；鬼魂叫你名字，你不要答应，假使有白影子站在路中心，你闭上眼睛手里捏个龙头诀往前走便是了。"

方轻霞一下仿佛柳焚余所说的三样事物都见着了，吓得尖叫一声："死鬼——"

柳焚余用两只手指放到唇边"嘘"了一声："晚上不要叫地府里的朋友……否则他们一个个、一只只、一群一群地排队来找你唷。"

方轻霞脸都白了，想上前挨近柳焚余，但她极不愿意走过去。

柳焚余看着心疼，也不愿吓她太厉害，道："我们站在这里等，也不是办法，不如，到屋里去烘着，找点东西吃。"

方轻霞忘了要装老江湖的样子，眨着星眼问："怎么？你有房子在这里？"

柳焚余看她神情，心里爱极，哈哈一笑，道："只要我喜欢，哪间屋子都是我的！"

柳焚余选了一家比较干净的民房，一掌震开木门，里面一家四口连同一个小童惊起，柳焚余已抽出袖中剑。

方轻霞这才明白屋子为何都是他的，只来得及叫了声："不要杀人。"

柳焚余刺到一半，听见此声，剑锋倒转，以剑锷先后点倒了五个人，一脚把他们扫入农具棚里，向方轻霞笑道："这房子现在是我们的了。"

方轻霞从来不知道有武功的人可以做这样子的事，奇怪的是她知道是不对，但却不感觉到江湖上道义人物的那种疾恶如仇、深恶痛绝，反而还有一些隐隐的兴奋。

屋子里地上铺着金黄色的、厚厚的干草，看去很温暖。

神位上还烧着香，香烟袅袅。

神龛边的烛火沙沙地燃着。

门外刮过一阵风。

烛焰向侧倾斜。

烛火照在草上，黄绿相映，令人生起温暖的感觉。

不知怎的，方轻霞脸上泛起一片红霞。

红霞在烛光之中美极。

柳焚余极爱女子的活色生香，但跟方轻霞相处一室，那种爱慕的感觉似蚁细嚼心房，轻微痕痒，恨不得拥她在怀，轻怜爱抚，但不知怎地，他竟不能像对别的女子一般轻狂。

方轻霞的各种姿态，在他的眼中焚如星火。

方轻霞一反她娇俏可爱，庄容道："就睡这里啊？"她望着地上的干草。

柳焚余双手放在袖内，歪首看着她。

方轻霞咬着下唇，道："我睡了。"

柳焚余没有作声。

方轻霞恨他听不懂，补了一句道："我要睡了，你出去吧。"

柳焚余道："我不出去。"

方轻霞敛容道："你——！"

柳焚余道："我睡在这里。"

方轻霞双手护胸，柳焚余仰天打了一个呵欠，道："我跟你一起睡。"

方轻霞自柳焚余把她双刀插在桌上处拔回，铮地交击出星火，叱道："你休想碰我！"

柳焚余和身睡下，斜着眼睛道："我要睡觉，谁要碰你了？"还咕噜着加了一句，"送我都不碰。"

方轻霞听他最后一句话，真想一刀把他斫成两截，两刀四截，但回心一想，这小子装睡，准没安好心，我且佯作睡下，待他半夜乱来，一刀给他痛一辈子……当下主意既定，把双刀偷偷藏在茅草下，一面瞥着柳焚余有没有偷看她的一举一动，然后和衣躺下。

屋里茅草极暖，可是地方很窄，方轻霞和身躺下去，发鬓有些触在柳焚余脸上，方轻霞却不知道，但她鼻际闻到一股强烈的男人气息，心头一阵怦怦乱跳，想她一个女儿家，虽说整天跟两个哥哥闹在一起，但几时同男人这般共眠过？想着两颊发着烧，像女子第一次梦见情人，醒来后怕父母知道她失贞似的忐忑。

方轻霞屏息待了一阵，隐隐听到柳焚余传来的鼾声，心中竟有些轻微的失望，轻骂道："见鬼了！"想到"鬼"字在这荒郊寒舍里不可乱说，登时伸了伸舌头，把手伸入茅草里，指尖触及刀锋才有些微安心。

可是刀锋上传来的是一片冷。

屋外的老树一阵沙沙响，是风刮过天井旁的桑树吧？

柳焚余其实并没有睡，他在细聆着一切，任何细微的声息，都溜不过他杀手的双耳。

他也在细细体味着那一股女性的微香。

他用手臂枕着，听到方轻霞骂那一声："见鬼了！"忍住了笑，也听到方轻霞纤秀的手指弹动茅草下的刀锋那阵轻响，犹如在他心弦敲响了轻音。

然而外面雨真的下了，开始是沙沙的，以为松针因为风吹一下子都密落了下来，后来才知道是雨，因为那声音是绵密的、悠长的，从天下，始于一个失足，然后孤零零地，而至密绵绵地，落在茅草屋顶上，再一颗珠儿一颗珠儿地，顺着枯草尖儿滑落到檐前来，有一些意外的，教一两阵寒风刮了进来……想她睡在朝外，一定给雨沾着了吧？会不会冷着呢？

柳焚余如此想着，像一切男子在想着他初恋的情人，这恋情的想象永远把最细微的事情放到了无尽大，把无尽大的感情放到最强的焦距上，对方一笑，为何而笑？对方今天感冒，怎么感冒起来了？对方今天多看了谁一眼，为什么她对我那句话的反应是这样……在在都可以使少男写成一首又一首的诗，诗里可以伤感到失恋，但绝对不否定自己为最懂得爱怜她的情人。

可是柳焚余已不是少男了。

少男对他而言，已是很古远的事了。

他一向只知道用杀人的手去用力爱抚女人。

但是如今他把一只手，放在鼻边。

这只手，今天，曾搭在方轻霞的肩上。——柳焚余想亲吻那教他可能毁掉一生的女子之双肩，但此刻他只有勇气吻搭过她肩膊的手指，仿佛余香还在。

他听到她细细的呼吸。

秀发随一阵雨丝，拂过他脸上。

他觉得脸上些微的痒。

——难道她真的睡了吗？

雨声像一个人在耳边轻呵：沙沙，沙沙……沙沙是什么意思？既然呼唤他也必定呼唤着她。

柳焚余忽觉方轻霞的手，动了一动，似是握住了刀柄。

——难道她……

想起了明亮的刀锋，柳焚余心里残存的猎欲，一下子，被一声狼嗥似的召回了原始。他想：如果你要杀我，那就休怪我把你——

蓦地，方轻霞跳了起来，叫道："我肚子饿了！"

第陆回

姿影

这一声喊，完全出乎柳焚余的意料之外。他本来已理所当然的原始欲望，被这个小大姑娘更原始的欲求而逼得像犬与狼相对，犬只自卑自己的奇形怪状。

这一声喊，完全出乎柳焚余的意料之外。

他本来已理所当然的原始欲望，被这个小大姑娘更原始的欲求而逼得像犬与狼相对，犬只自卑自己的奇形怪状。

柳焚余只好说："我去厨房看看有什么可吃的。"

柳焚余高壮的背影消失在眼帘后，方轻霞第一个意念就是：要不要逃走？

——外面那么黑……

——又下着大雨……

——这人看来也没什么可怕……

——何况自己又那么饿！

这四个理由，在方轻霞来说，她已觉得完全充分。于是她诚心诚意地在等着大吃一顿，因为鼻际已传来令人垂涎的肉香。

柳焚余走回来的时候，高卷着袖子，双手有好几处油渍黑痕，脸上沾着汗，几绺浓发撒下来，手里端着一个盆子，盆子里烘腾腾的一大迭肉。

——好香的肉！

柳焚余把盘子放下来，笑道："吃吧。"卷下了袖子，在额上揩一揩汗，方轻霞老实不客气，已经先吃了起来。

柳焚余盘膝与方轻霞对坐。方轻霞也不理他，双手拈住一块肉细嚼，吃完一块，觉得手腻，手指挥挥弹弹的，柳焚余掏出一块巾帕给她抹揩，笑问："好不好吃？"

方轻霞已拈起了第二块肉，好像忙得很，闻言点头吮指道："唔，不错，真不错。"

柳焚余笑了，他的牙齿像贝石一般白。

方轻霞吃得十分享受，咿唔有声，总算不忘问这一句："这么好吃，你一个男人，怎么弄的？"她倒忘了自己虽是个女子却从来不会做菜。

柳焚余一笑，笑意有几许的沧桑潦落："我们江湖人，要会吃饭，也要会做饭，少一样，都活不了。"

方轻霞忙着吃，随便道："我知道，但是，怎能做得这般好吃？"

窗外的雨沙沙响。

深谷闻雨静。

雨水自湿茅草屋檐串成一条线又一条线地滑落，很多条在深邃夜色里晶莹的大小瀑布，交织成一种隔绝人世的水帘。

屋内很温暖。

柳焚余也开始在吃，他道："只要有肉，我就能弄得那么好吃。"

方轻霞嘻笑着看他，眼睛都是一只只亮起来的笑精灵。红唇上还沾着肉屑，可是这样子不但不令人感到不洁相反令人觉得她美得十分人间。

"我哥哥，他们，连烧饭都不会。"她自己倒先嘲笑起哥哥们来。

"你想不想知道吃的是什么肉？"

"什么肉？这么好吃。"

"人肉。"

柳焚余补了一句："这屋子里的人，我宰了一个嫩的，烧熟来吃。"

方轻霞尖叫一声，把手上的肉都扔了，水葱般的指尖指着柳焚余："你……你这个鬼！"

柳焚余没想到一句开玩笑的话能使方轻霞吓得这样，忙道："哪里是人肉！"见方轻霞还狐疑地望着他，补加道，"不信你到后棚去看看，一二三四五，一个也不少。"

方轻霞余骇未尽地道："那你要到什么时候才放了他们？"

柳焚余忙道："明天，我们走之前，当然放了他们。"

方轻霞仍是不放心："那，这是什么肉？"

柳焚余答："蛇肉。"这家是猎户，獐肉、兔肉、蛇肉都有，柳焚余随口答一样，没料方轻霞"哇"的一声，一副辛苦要吐的样子，柳焚余忙道："是兔肉。刚才，我骗你的。"方轻霞虽是不吐，但仍是生气难过的样子，柳焚余问："怎么了？"

方轻霞眼睛眨了眨，几乎要落泪："兔子那么乖，你却要吃它的肉，你真是个鬼！"

柳焚余平日闹市杀人，饮血吃肉，醉闹狂嫖，有什么不敢做的？不知怎的今晚竟一筹莫展，只好说："以后不吃了。是这家人先把它杀了，不吃也是白不吃。"

方轻霞听了犹似解除了心理上的犯罪感觉，又开心起来，反正她也饱得差不多了，没有再吃，夜雨在屋外漫漫地下着，她偷瞥眼前的人，一双眉毛又浓又黑，但这处境却仍像梦幻，那么陌生，像迷了路之后看到一处仿佛熟悉的地方，感到无由的感动与无依。

不过很快的，也许是因为雨声的催眠作用吧，她忘了陌生，愈渐熟悉起来，跟柳焚余有说有笑的，说到累了，就枕着稻草，睡了。

临睡前她突然想到，这家伙杀死了古二叔……她暗里想，待他熟睡后，她抽刀过去刺死他，这样下定了决心，等着等着，渐渐雨声和思潮已经分不清，她是握着刀进入梦乡的。

柳焚余在等她呼吸轻微调匀之后，嘴角蕴了一抹笑意，也睡着了。

一夜风雨迟。

世上有很多种苏醒，有的给东西叫醒，有的给人拧着耳朵痛醒，有的因为闹肚子痛醒，有的给臭虫咬醒，有的是给噩梦吓醒，算是醒得及时，更有的掉到床底下乍醒，真是一醒来便"降级"，有的给自己鼾声吵醒，可以说得上一醒来便明白"自作自受"的报应。

但最美的，莫过于给遥远的鸡啼声唤醒。

方轻霞眯着眼睛，晨光洒在她眼睑上，很温和，一点也不刺目，像光芒铺上了层纱，乡间的空气清芬得像花蕾初绽。

方轻霞做了一夜甜梦。

她"噫"的一声，又要睡去，蓦地想起，霍然支起上身，抓起衣物就往身上盖。

等到她知道身上衣服完好，没有什么异状的时候，才放下了心，然后发现自己所抓的衣服是柳焚余身上的袍子，吃了一惊，想：难道昨晚自己睡去之后，那个人把袍子盖在自己身上吗？方轻霞双颊一阵烧热热的，心头却是无端的感动。

却见侧边的草堆，只有一方寂寞的晨照，杳无人影。

——他去了哪里？

方轻霞忙往窗外看去，只见旭日像个红脸的调皮蛋黄，柳焚余在晨曦中大力地挥舞着剑，剑影愈是剧烈，剑风愈是寂然。

——原来他起来练剑。

方轻霞攀着窗口的木条，叫了一声："嗳。"

柳焚余的剑招说止就止，但那一记剑招英劲的神姿却定在那里，他回首笑道："嗳。"

然后又道："你醒了？"

一阵晨风吹起，拂起方轻霞微乱的发梢，方轻霞用手理了理，道："醒啦。"

柳焚余缓缓收起了剑，手里挽了个小包袱，走向屋子来，因为个子太高，故此要弯弯腰才走进门，笑问："睡得好吧？"

方轻霞道："我要回去。"

这一句突兀得像两人都原先没预料到，两人都静默了半刻，这句话方轻霞一出口便后悔，柳焚余一听到便愿自己不曾走进屋来。柳焚余又回复他那惯常的冷漠，道："好。"

方轻霞知道他是在想着东西，但不知道他在想什么。

他披上了袍子，包袱丢在方轻霞身侧，冷冷地道："这儿是一些女装衣服，你穿上，这就走。"

方轻霞眨眨眼睛，道："还不走。"

柳焚余望向方轻霞。

方轻霞俏皮地道："我还要梳头、洗脸、换衣服，去，跟我打一盆水来。"

柳焚余怔了怔，因为在他成名后从来也没有人敢要他去做这些事；他好像自嘲地叹了口气，走了出去，回来手里居然拿了个盆子，盛满了清水，一步跨进了门，方轻霞尖叫道："走走走！"

柳焚余只瞥了一眼，原来方轻霞正在窸窣地换衣服，露出颈项间细白的柔肌，姿影纤纤，柳焚余一阵怦然的心动，盆里的水激荡着，在盆沿溅着水花，方轻霞慌忙披着衣服，叫道："背过去！背过去！"

柳焚余几乎是以千钧之力转过背去的。

他见水盆映出自己动荡的容貌，忽然一头埋在水里。

方轻霞这时已换好了衣服，正要嗔骂几句，见柳焚余发脸流滴着水，奇道："你干什么？"

柳焚余没有去看她，说："我再去端盆清水给你。"

不久，外面传来他激烈舞剑的剑风。

这儿是靠瑞穗温泉的一带。在晨光中，跟暮降时的幽凄大是不同。只见干涸的河床宽阔，沙石上长着绿草黄花，风一吹来，快乐地支格着同伴们，好一种乐不可支的样子。较远的溪水潺潺，说着不知名的故事，说给更远处不知名的山下，不知名的林中，不知名的人听。

柳焚余背剑走在前面。

方轻霞嘟着腮帮子跟在后面，她的玉靥，有时咬着唇，有时忽又泛着红潮。

她见柳焚余在前面潇洒地走着，看不顺眼，憋不住，叫了一声："喂。"

柳焚余没有回头，应道："嗯？"

方轻霞问："那些人，你放了没有？"

柳焚余曼声道："放了。"

方轻霞道："现在你要带我去哪里？"

柳焚余道："找你爹去。"

方轻霞对于这个答案自无异议，道："不要带我到荒僻的地方去。"

柳焚余嘴角微微一翘，道："你怕鬼？"

方轻霞跺脚道："你管我！"

柳焚余淡淡道："好，到宝来城里去截你爹爹。"

方轻霞这时已追上柳焚余，就贴在柳焚余旁后侧走着，柳焚余闻到一股处子的芳香，比空气的花香还要清芬，由于走得很贴近，他的佩剑，有时会触到她的身体。

她却恍然未觉。

柳焚余想起那白嫩的肌肤，袪衣时的姿影，心中一阵激动。漫天红蜻蜓飞着。头上是清爽的晴空。柳焚余突然出剑。

一对在风中追逐着的红蜻蜓被斩落。

方轻霞叫道："你这个残忍的东西，干了什么好事！"

柳焚余不理她，继续往前走。

方轻霞追上叫道："你要跟我赔罪！"

柳焚余眉毛一挑，道："哦？"

方轻霞道："今早上……你……不要脸，偷看我……一定要赔礼！不然，我不原谅你！你这个鬼！"

柳焚余兀然止步。

他徐徐转过身来，笑了一笑，白皙的牙齿像白梅的新蕊，道："你知道我这个鬼现在最想做的是什么？"

方轻霞用一双很好看眼睛的眼梢瞟住他，带着狐疑。

柳焚余叹息一般地道："我最想做的是强奸你……"

他说完这句话，转身就走，他的叹息是因为不了解自己，何以这最想做的事只是说出来，而不是做出来。

宝来城出产瓷画、古董，是富有而复杂的小城市。

住有最多各形各式的人是"来宝客栈"。

一座大城里应有的事物，这座城里都有，包括各式各样的货品，花花绿绿的衣裳，来往穿梭的轿子，嘶叫赶集的驴马，从一天换一双绣花珍珠鞋的贵妇人到三个钱就卖给你一宵的老妓，从一百两银子五钱的水镇熊猫心花羹到半丈钱一斤的硬馍馍，从富贵巷三大富豪在一掷千金赌侈奢到胡二下巴一家子七口无半粒米进肚，这城市里都有。

"来宝客栈"有的是人。

各式各样的人。

当然，既然来到客栈，绝大半是旅人、过客，大多数都有点钱，才敢，也才可以在这里投宿。

柳焚余要了房："一间。"

方轻霞道："两间。"

柳焚余伸出一只指头："一间。"

方轻霞竖起两只指头："两间。"

账房苦着脸说："两位……到底一间还是两间啊？"

他要不是看到男的背上有剑，而且一脸杀气，女的看去娇贵可珍，想必是非凡人家，他早就把砚上磨好的墨泼过去了：哪里不好烦，来烦老子？何况今天仵账房想发清早财，结果输得狗喝错了醋样般回来。

这里忽听一人道："焚余，你终于来了。"

柳焚余一怔，用极慢的速度回身，脑中飞快地想着应对之策，他从声音已分辨出叫他的人是谁了。

方轻霞却叫了出来："关大鳄，你这只老鳄鱼！"

然后指着柳焚余，气白了俏脸："你，你骗我来！"

柳焚余冷峻的脸上，忽然之间，在一刹那间，改变了，变得堆满了笑容。

他机伶地走过去，到了堂中雅座前，有礼地向居中坐的关大鳄一拜道："关四爷，在下完全照您的指示，已经把'大方门'党羽一一剪除，这女娃子，也给骗来了……"

关大鳄咧开大嘴，笑道："还是世侄行！罗、魏二位派去的人，还是不及谷公公的人行！"他身边还有四个神色冷然的番子。

柳焚余道："那是关四爷有识才之能。"

关大鳄道："也是我用人得力。"

方轻霞诧惶满脸，怨愤地叫道："你……你这个——"

柳焚余冷冷地接道："鬼。"

关大鳄举杯，两个番子立刻拿杯，替柳焚余斟满了酒，端到他面前，关大鳄笑道："今番你立了大功了。"

柳焚余道："多谢四爷赐酒。"

关大鳄一干而尽，道："何止赐酒，还有金银、美人哩。"

柳焚余欠身道："都是四爷的提拔。"

关大鳄道："你要是不办得如此干净利落，我要提擢你也无从——"

方轻霞扶住桌子，激动地叫道："他说谎！他没有杀我爹爹，他只是骗我——"

关大鳄神色倏变。

这刹那间，他端近唇边的瓷杯"啵"地碎了，一道剑光，击碎杯子，刺入了他的咽喉。

第柒回 杀人者与杀人者

这变化何等迅疾。原本客栈大堂中的食客,见一个出落得那么美的女子,仿佛发生了这些事儿,都想争来护驾,但见关大鳄身边四名番子服饰的番子……

这变化何等迅疾。

原本客栈大堂中的食客，见一个出落得那么美的女子，仿佛发生了这些事儿，都想争来护驾，但见关大鳄身边四名番子服饰的番子，不曾看见他们阴冷的脸色便纷纷怕惹祸上身，走避不迭了，谁又敢惹上这一干谁都惹不起的人物呢？

关大鳄破杯中剑，在客栈饭堂上的人，还未来得及弄清楚是不是应该失惊尖呼之际，一名番子"啪"地抽剑，柳焚余剑势回带，一剑刺入这名番子的鼻梁。

这名番子反应最快，武功也最高，可是却最先死。

当柳焚余拔剑这番子脸上溅出一股血泉的时候，其余三名番子都已掣刀在手。

一名番子喝道："你——"

柳焚余飞起一脚，踢起桌子，连带碗碟杯筷一齐罩向这名呼喝的番子。

其余两个番子，一个挥刀扑上来，一个舞刀飞蹿出去。

柳焚余行动何等迅疾，他的人疾纵了出去，等于避开了番子一刀，同时剑自桌底刺入，结果了那原呼喝在一半的番子之性命。

然后他霍然回身。

那向他出刀的番子，已知势头不对，反身就逃。

番子飞掠出窗外。

但他在越过窗棂的刹那，柳焚余已经追到，剑刺入他的背心。

番子怪叫一声，变得不是飞掠出去，而是参手参脚掉下去，半空喷溅一蓬血花，在阳光中洒下。

柳焚余持剑环顾，另一名走得快的番子，早已逃去无踪。

他反手一剑，刺在正颤抖不已的账房口中，账房哀呼半晌，登时了账！

方轻霞“哎”了一声，叫道：“你怎么连他也杀——”

柳焚余却不跟她多说，一把拖住她，飞跃下楼，两人不顾路上行人的讶异与惊奇，飞奔过大街小巷，离城渐远，到了古亭附近。

这里原本是送别之地，设有老槐树与杨柳，并建立了七八座古亭，间隔不远，便可饮酒送别，或作纳凉栖歇之所。

走到这里，方轻霞用力甩开了柳焚余的手，站着不走。

柳焚余止步，回头。

方轻霞捏着被握得发痛的手，嗔怒道：“既然怕，何必要杀人？杀了人怕成这个样子，给人笑大了口。”

柳焚余没有好气：“你走不走？”

方轻霞噘嘴道：“我不走，我来宝来城是找爹爹来的。”

忽然记起什么地叫起来：“你刚才为什么说杀死了我爹？”

柳焚余叹了口气道：“我不这样说，怎样才能使关大鳄不加以防范，我想他迟早都知道我杀萧铁唐的事，所以不杀他，总有一天他要来杀我。”

方轻霞还是不明白：“他既以为你是他一伙的，杀他还不容易？你还花言巧语舌头蘸蜜地跟他多说什么？”

柳焚余“嘿”了一声：“杀他倒是不难。难是难在怎么把他四个手下一个不漏地除去，只要漏了一个，东厂、内厂、锦衣卫、番子都会找你算账……”

方轻霞这才有些慌了：“但……刚才是逃了一个呀！”

第十四回

柳焚余沉声道："给你那一闹，我怕关大鳄生疑，只好先发制人，但准备不够妥当，仍给溜掉了一人……这下麻烦可大了。"

方轻霞笑嘻嘻地道："你怕了？"

柳焚余双眉一剔，一声冷笑。

方轻霞又道："那你无缘无故把账房杀了，算什么英雄!"

柳焚余冷哼道："他跟番子是一伙的。"

方轻霞道："我不信! 你有什么证明？"柳焚余道："就算他们不是一伙的，他把我们瞧得最仔细，官衙定会叫他绘影图形来通缉我们，杀了他，准没错儿……那逃去的番子，纵知道我是谁，不一定辨清我的样子，咱们在路上易容化装，大概还瞒得过。"

方轻霞讶道："你就为这点而杀他?"

柳焚余道："宁可杀错，不可放过。"

方轻霞道："你这个鬼!"

柳焚余一笑，伸手要去拉她，方轻霞一闪，柳焚余笑道："你还不愿走?"

方轻霞笑着说："你真的去找我爹爹，我才跟你走。"

柳焚余道："我早探得你们'大方门'要赶去虎头山，与'刀柄会'的人聚首研讨创立分舵的事，宝来城既留不得，我们赶到前面红叶山庄去等他老人家。"

方轻霞听这桀骜不驯的浪子也称自己父亲作"老人家"，心中微微一甜，昵声道："嗳，姑且就信你一次。"说罢将手伸给柳焚余，柳焚余握着，心里有说不出的甜蜜。

两人又走过三四座亭子，忽见前面亭子，装饰得十分豪华，旁边停着一顶轿子，金碧辉煌，一张红毯，直铺入亭内，似从轿子走出来那人的一双鞋子，干净得不愿踏在地上，亭内人影绰绰，陪着丝竹奏乐之声，醇酒飘香，但看去除一人之外，人人都是站着的。

方轻霞十分好奇，引颈张望，伸伸舌头，道："哗，谁的排场那么大？"

却没听见柳焚余的回应，侧着望去，只见柳焚余神色凝重，握她的手，也突然变成石雕的一般。

方轻霞不禁轻声道："这……这是谁呀？"

柳焚余忽然用力握了她的手一下，然后大步走向亭子，拱手道："项兄，别来无恙？"

只闻亭内一个有气无力但又好听的声音道："柳兄，想煞小弟了。"

说话的人踞亭中首端而坐，背着阳光，罩在亭子的阴影里，一时看不清面目，只听到间隔轻微"啪、啪"的指甲响声，石桌之上，除了酒菜，还放了一把剑。

但是柳焚余知道这是什么人。

这人就是项雪桐。

御前带刀侍卫班领，"富贵杀手"，项雪桐。

柳焚余笑了。

"谁敢'想杀'你老哥，那个人除非有八十一个脑袋。"

项雪桐低头端视着手指甲笑道："哦？多一个不行么？少一个不得么？"

柳焚余看了看桌上的剑，道："支持东林党的陇西己家，一家八十三口，你老哥一把剑，杀了八十，余下三个，项兄大发慈悲，一个当作老婆，一个充作婢女，一个收作义子，你说，是不是要脑袋瓜子超过八十，才可以逃得一死？"

独闯己家庄，格杀八十人的事，是项雪桐未成名前的杰作，可是知道的人并不太多。

没有人被提起当年的威风轶事会感到不开心的，项雪桐似是例外，他只是轻弹着他修长的指甲，淡淡地道："坐。"

柳焚余依言坐下。

方轻霞明知局势隐伏凶险，但她心里正计较着柳焚余浑当她不在场，项雪桐眼里也似没她这个人一样。

方轻霞娇美动人，出身名门，几曾给人这般不放在眼里过？

她也可以感觉得出，局面的一触即发，柳焚余尽管脸上微笑，可是她感到柳焚余比在飞龙岭与李布衣对峙、梅花湖畔刺杀萧铁唐、来宝客栈猝袭关大鳄更为紧张，而且负担。

项雪桐是谁？

方轻霞知道项雪桐只不过是一名杀手。

柳焚余为什么会对项雪桐感到害怕，甚或畏惧？

啪，啪的弹指甲声忽止，只听项雪桐笑道："听说柳兄又立下大功了？"

柳焚余一震，暗忖：这家伙知道自己杀关大鳄的事了！表面不动声色地道："是么？什么大功？"

项雪桐却笑了起来："柳兄却来问我？"

柳焚余也笑了起来："也许在下杀人，也杀得太多了，记不得哪一桩有功，哪一桩有过了。"

项雪桐静了一静。

这静寂的片刻，柳焚余的五指，紧紧握住袖中剑锷，只剩下项雪桐挑指甲的微响。桌上的剑寒光熠熠。

但是项雪桐并没有异动，只是说："'大方门'的方姑娘跟柳兄在一起，杀尽'大方门'人这个功，想必是给柳兄捷足先夺了。"

柳焚余心中一喜，五指也放松下来：看来项雪桐还不知道自己杀死关大鳄的事。"这个么，哈哈！"

他笑了两声，可以说是，也可以说不是，他不知道项雪桐知道得有多少；不表明态度，是最安全的做法。

项雪桐忽道："可惜，萧检役死了……"他把"了"字故意拖得长长地，眼睛定定地望着柳焚余，像是要他把话尾接下去。

柳焚余五指又握紧了剑，心道：这小子知道了。外表却微笑如故，在等对方说下去。

项雪桐忽然停止了挑指甲，抬头，问："柳兄不知道此事么？"

柳焚余已经下定决心，要把这大患除去。所以他道："略有所闻，借一步说话。"他这句话是试毒银针，一沾上去便知有毒没毒，要是项雪桐有防着他，一定不会与他独处，如果没防着他，想必答应他的要求，不管对方答不答应，都可以立即看出对方的意图，且不论如何，项雪桐此人是必须要翦除的。

项雪桐皱了一皱眉头。

柳焚余慢慢地长吸了一口气，他已像一支搭在满弦上的箭矢，一触，即发，杀无赦。

谁知道项雪桐笑道："可以。"

柳焚余正较放心，项雪桐一扬手，在亭子里守候的家丁、奴仆、手下，全都垂手低首，退了出去。

亭里只剩下了项雪桐、方轻霞和柳焚余自己。

项雪桐道:"柳兄有话,可以说了。"

柳焚余没料项雪桐自己不离开古亭,而叫手下出去,这一来,项雪桐身边虽然无人,可是一旦发生事情,伏在周围的人一样可以抢救得及。

他把心一横,道:"关四爷也死了,项兄可有所闻?"

项雪桐道:"哦?"并不追问下去。

柳焚余本想试探项雪桐的反应,此刻反而心虚,大笑三声,道:"看来,下一个对象,只怕不是你,就是我了。"

项雪桐问:"柳兄怎么知道?"

柳焚余忽改而问道:"项兄怎么会在这条道上?"

项雪桐即答:"等你啊。"

柳焚余心里一寒,笑道:"有劳久候,却不知项兄等我为何?"

项雪桐针一般盯着他道:"柳兄很想知道么?"

柳焚余只笑了一笑,把问题遗留给项雪桐自己回答。

项雪桐道:"柳兄应该知道原因的。"又低头啪啪地挑剔他修长的指甲。

其实,项雪桐在古亭道上遇见柳焚余,完全是机缘巧合,出于无意的,他刚刚才赶向宝来城,但是,他一看见柳焚余和方轻霞在一起的亲昵神态,出自于杀手的敏感,马上觉得情形似乎有些不妥。

他故意不作主动招呼,可是柳焚余先招呼他。

他本来已消了疑虑,但是柳焚余一开口就奉承他。

他知道柳焚余性子骄傲,这样做,一定有目的,所以故意出语提到"立功"以试探，然后以路上听到的萧铁唐在梅花湖畔被杀的事来观察柳焚余的反应。

柳焚余提出单独讲话，使他心中警惕更深，惊闻关大鳄死讯，他虽似无动于衷，其实大为震撼，故意说是在路上等柳焚余。

但是柳焚余却不慌不忙，实在看不出什么来。

只有一点项雪桐是肯定的。

他感到杀气。

从柳焚余身上发出来的，一种凌厉无比、杀人者的杀气。

同样的他自己也有这种杀气。

他突然有了一个决定。

——不管柳焚余跟"大方门"是什么因缘，关大鳄和萧铁唐的死跟他有没有关系，还是先下手为强，擒住他，必要时，杀了他再说。

他听了探子飞报萧铁唐的致命伤。

他一听，就曾对翟瘦僧说："怎么这样像柳焚余的出手？"到现在，这样想法更强烈。

——宁可杀错，不可放过。

这是他作为优秀的杀人者之原则。

所以他笑了。

他捋着袖子，用银镄的酒壶，替柳焚余斟满了一杯酒，再替自己倒满一杯，趁这斟酒的时间里，等候柳焚余的回答。

柳焚余也在盘算着下手，如果只是他一人，他就算刺杀不了项雪桐，至少也可以突围而出——但是他还有方轻霞。

——不成熟的时机，宁可放过，不可冒失。

这是柳焚余作为杀人者的信条。

所以他微笑道："项兄为何在道上苦候，我百思不解，莫测高深。"

方轻霞忍不住道："管他为什么等，我们走了！"她心里想：要是这家伙敢阻挡，一脚踢掉桌上的剑不就可以了！

柳焚余转头望向方轻霞，叱道："对项兄不可失礼。"

就在这刹那间，任何人无法注意的，也没有可能注意得到的，项雪桐指甲弹了一弹，几星粉末，落在杯里，迅速融化不见。

项雪桐举杯笑道："柳兄，我敬你一杯。"。

柳焚余笑引介："这位是——"

项雪桐笑道："我知道，方家三小姐跟柳兄倒是金童玉女，当真一对璧人。"也替方轻霞倒了一杯酒。

柳焚余抢着端给方轻霞，向项雪桐道："我来。"

项雪桐道："有劳。"

柳焚余道："不敢。"

项雪桐举杯敬柳、方两人，道："请了。"

第捌回

富贵杀手

三人一干而尽。方轻霞不会喝酒，因不受人理会，受了闷气，便为显江湖气，一口气喝下去，另一股热气上升，到了胸臆，变成了豪气，到了脑门……

三人一干而尽。

方轻霞不会喝酒，因不受人理会，受了闷气，便为显江湖气，一口气喝下去，另一股热气上升，到了胸臆，变成了豪气，到了脑门，成了傲气，再沉淀到喉头，转而成了火气，脱口道："我知道，你们杯酒言欢，一忽儿打得你死我活，就像你杀那只大嘴鳄鱼一样。"

她一番话说得像点着了火的烈酒，比喝下肚里去还要痛快。

当她说到最后一句的最后一个字的时候，场中两大高手，一个已抓起桌上的剑，一个的剑已从袖中拔了出来！

柳焚余和项雪桐两人本来是隔着一张石桌，方轻霞坐在柳焚余身侧稍后一点，亭内光线暗淡，面目都看不清楚。

但在这刹那间，亭内只充塞着剑风的尖啸，交织着剑芒的疾闪。

方轻霞张开了口，要叫，但声音已被亭内的剑气割裂；想退，但退路已给剑光斩断。

这刹那间，亭外的人不知道亭内发生了什么事，连方轻霞也不知道谁胜谁负。

剑风忽止。

柳焚余和项雪桐依然隔着石桌，在黑暗里无声息，桌上酒菜依然，半只碟子也未打翻半个。

隔了半晌，只听微微一响，方轻霞一颗心几乎掉出口腔，又听"啪"的一响，这才注意到靠近柳焚余的桌沿上，正滴了一滴又一滴的鲜血，由于暮色昏沉，那血是沉褐色的。

血是从柳焚余身上淌下来的。

方轻霞想尖叫，但用手按住了自己的口。

良久，柳焚余道："项兄，好剑法！"

只听"啪"的一响，项雪桐的剑，又搁在桌子上："你的剑法比我快。只是，你似受了内伤。"

柳焚余涩声道："所以，你刺中了我。"他的语音无限疲倦。

但他话一说完，行动却比隼鹰扑兔还迅猛十倍！

他左手挽住惊惶中的方轻霞，右剑闪起一蓬强烈的剑芒，直扑出去！

刹那间，他掠出凉亭，脚未到地，已受到来自凉亭上、花丛间、山石后的三处袭击！

三个袭击者都在半途中断。

那不是他们放弃袭击，而是在柳焚余的剑下猝失去了性命。

柳焚余俯身急冲。

他左手仍拉着方轻霞。

就在这时，土里、树上、人影、刀光、射起、扑下，一连串地攻击。

柳焚余并不把这些攻击放在心上。

他把四分心神，放在那一直留于凉亭里、默坐不动的项雪桐，另三分心神，放在照顾方轻霞身上，只用了三分力量去应付这些埋伏。

这片刻间，他挨了一刀，杀了七个人。

但仍是前无去路。

前面仍是刀光。

他不怕刀光。

他的剑光飞起，迎向刀光。

他怕的不是刀，而是凉亭内那把放在桌上的剑。

立时又有六人惨呼倒下去。

可是一把青铜鉴，在剑光之中荡入，无声无息地刺向柳焚余背心。

方轻霞惊得叫一声，一刀格住铜鉴，手腕一震，蝴蝶刀几乎脱手，但铜鉴也被格荡开去。

这时柳焚余的剑，已飞卷回来。

持铜鉴的黄脸汉子闷哼一声，中了一剑，却退得更快！

柳焚余也不追击，仍然前冲。

前面已经有路了。

踏着敌人尸骨闯出来的路。

血路。

柳焚余又杀了四个敌人，腿上又挨了一叉，才跟方轻霞逃了出来。

他掠上树，又落在官道上疾行，随后拉方轻霞隐伏在草丛中，不久又急驰在小径上，这时，一弯眉月已经挂在天梢，夜黑得那么坚定，所以月亮的轮廓更加分明。

柳焚余回身问："你说，你要去哪里？"

方轻霞看见他身上染着灰褐，知道那是血，这样流下去足以把一个强人的精力流光，心慌意乱地说："我……"

柳焚余扬起一只眉毛，脸上似笑非笑地道："你还是要找你爹爹是吗？"

方轻霞实在不知怎么回答，真想说出：我跟你天涯海角，逃了再说……柳焚余见她迟疑，便说："好，我们回宝来城去。"

方轻霞至多以为他会带她先赶去红叶乡，没料到反而跑回去那险地，惊道："回去？怎么行！今天的祸还没闯够吗……"

柳焚余一手扯下一片袖子，用牙齿咬住布块，一只脚踏在岩上，就这样包扎伤口，一面道："他们不会想到我们回去，我们就回去。"

方轻霞看着月下的柳焚余包扎伤口不吭一声的狠劲，心中无由地一阵激动，觉得江湖上的好汉，全不似自己以前所想象的诗、歌、舞，而是一只狼，在月下舐伤口，马上就要再去追捕他的猎物。

方轻霞嗫嚅道："刚才……是不是因为我……?"

柳焚余淡淡地道："如果你不叫破，项雪桐纵然出手，也不坚决，就算他趁我护你而能刺中我一剑，也难保不被我所伤……不过，"他望着方轻霞，笑笑说，"要不是你及时挡开那把铜鉴，我现在只怕早已走不动了。"

方轻霞觉得他的讽嘲和赞谢的语气都是一样漫不经心似的，那一双眼睛深了进去，在眼皮折叠中闪闪亮着，像两颗嵌在凹岩里的明珠，看着自己，也似并不怀好意。这跟她想象中一双说温柔就有多温柔的眼神并不一样。她觉得心慌意乱，想起一个刚才就纳闷已久的问题，这就像在大海里抓住一块浮木，冲口问出："那家伙既然占了上风……却为何不追杀出来?"

柳焚余嘴角抹上一丝笑意。

"我开始也不明白。"

柳焚余带方轻霞杀出重围后，那使铜鉴的麻脸汉子跄跄走入亭中，喘着气道："公子，你，你为何不出手?"

项雪桐神色惨然。

"酒。"

他只说了一个字。

"酒?"那汉子并不明白。

"他对调了酒杯。"项雪桐艰辛地道,"他受伤在先,又分心照顾那女的,所以被我刺中了一剑。可是我饮了自己的毒酒,也支持不住了,故意把剑放在桌上,他不敢再拼,只有杀出重围。"

那汉子惊道:"那毒……"

项雪桐捂胸道:"我自己下的毒,自然解得了,不过,那厮由他走吧……"

汉子道:"看来,姓柳的也不肯定酒中有毒了。"

项雪桐惨笑道:"当然,否则,他早就杀了我才突围的。"

汉子的手自左肺伤处挪开,脸呈痛苦之色:"可是,这样教那家伙走了……"说到这里,痛哼出声。

项雪桐却惨笑道:"没什么的,老萧,有哪个人,逃过我们第一次,再逃得过第二次的?"

老萧笑了。

他是流着血笑的。

他知道有项雪桐这句话,他的血绝不致白流。

他也是个杀手,不是姓"萧",而是姓"老",名字叫"老萧"。

杀手"老萧"是"富贵杀手"项雪桐麾下头号杀手。而老萧也在遇到项雪桐之后,不再独自杀人,甘心当他的部下。

这时候,柳焚余与方轻霞已迫近了宝来城。

他们已穿上佃农的衣服,乔装打扮。

他们两人这身衣服，当然是柳焚余强抢来的，方轻霞要柳焚余留下银两，柳焚余答应，独自走去草丛里交给两个被剥光衣服的农夫。

柳焚余再走出来的时候，脸色有些微白。他每次杀了人之后，除了更潇洒外，跟平常全无两样，只有一个例外，就是脸色特别白。这跟一些看去三贞九烈冷若冰霜的女子与人发生关系后，脸颊抹上两朵艳红，或者，口唇特别湿润的反应似是一般的。

他们向来路疾行。

路上有很多经过化装的高手，赶赴红叶乡，这些人，柳焚余认得出，有"飞鱼塘"的，有番子，也有各门各派的。

只是他们都没有注意马连坡大草帽下粗布衣的柳焚余和方轻霞两人。

因为他们决不会想到柳焚余居然会蠢到往刚逃出的虎穴里回闯。

项雪桐派出的人马，一直找不到柳焚余的踪迹。

直到第二日夜中，项雪桐手下一名重要杀手"非人"黔娄一屈，打马赶回宝来城查有无发现敌踪之时，疾驰过一片田野之际，忽嗅到血腥味。

他一闻到，即停，下马，搜索，以极快的速度发现了一对死去的农人夫妇。

他觉得大有蹊跷。

一个时辰后，项雪桐也到了这里。

他摊开洁白的袍褶，蹲了下去，仔细察查了两人的伤口，脸色铁青地说了四个字："我们错了。"

然后他对另外一个极得力的杀手"秋叶"危小枫下令："马上叫全部人回来，柳焚余还没有离开宝来城。"

危小枫得令而去。

一向都离项雪桐最近的一名亲信杀手穷计问："公子肯定是柳焚余杀的？"

项雪桐淡淡地道："除了柳焚余，有谁像他那样需要隐瞒身份，还抢两件破衣服的！"

穷计恍悟道："姓柳的真笨，杀了这两人，分明是此地无银三百两！"

项雪桐一笑道："要是这两人还活着，那么，只怕我们连他伤势有多重都可以知道了。"

他笑笑又道："柳焚余并不笨。"

"绝对不笨。"

——如果柳焚余是笨人，那么，一直找不到他行踪的人岂不是更笨？天下间只有真正的笨人才会说自己的敌手笨，或者骂以前崇拜过的人愚骏，其实如果自己的劲敌笨，自己岂不差劲？全盘否定过去崇拜的人，自己在那时岂不是瞎了眼？

只有穷计才可以问项雪桐这么多问题。

项雪桐通常都会不厌其烦地回答。

要是别人问，结果就不一定一样了。

说不定项雪桐不回答，而是给他一剑。

项雪桐回答穷计的问话，因为穷计只能在他安排下成功地杀人，脑袋奇蠢。

每个聪明人都喜欢身边有些蠢人，而且，每个聪明人做的些得意事，总希望有个学不到好处的蠢人明白他成功之处。

穷计就是这样一个被选中的蠢人。

他外号就叫做"蠢材"。

从来没有人敢轻视这个"蠢材"——因为这个"蠢材"杀人，一百个聪明人也敌不住。

可是项雪桐如果要派手下去以最快速度办成一件事，他绝对不会派穷计去。

他一定会调危小枫。

穷计、危小枫、老萧、黔娄一屈四人，正是"富贵杀手"项雪桐能够成为"富贵"的杀手之主要原因。

柳焚余进入了宝来城，却不往城中，而是向城外偏僻的溪谷行去。

宝来的河床一带，有极丰富的温泉口，附近人家，有民房改装成十不像的小客栈，多是方便旅客，又算是不暴殄天物，开店的人定是想赚完老天爷赐赏的钱。

阳光照在山腰和山顶，金黄的一片，山谷和溪边的房屋却在山影里，一片阴凉，仿佛山那边是褪了色数十年前的往事，这边是浸湿的未来，中间没有过渡和衔接。

河床潺潺溪水流湍着，浅得刚够濯足，溪石上冒着白烟，那是温泉。

小客栈的胖妇人一早哈腰招徕，希望这一对来客能住在她的宝号中，——虽然看去，两人衣服是寒碜了一些，但是这样标致的一对人儿，必定是背着家里来幽会的，这样的客人，纵会穷也不会缺了赏钱。

这样子的小客栈连绵倒有数十间房子，溪谷中两步宽的石头也横了木板子，穷乡里的狗见了陌生人也要摇尾巴，只有在跟小狗抢食时才咧着嘴，猫难得没老鼠抓，只好伏着去惊扑小溪，到不热的冷泉旁抓小鱼，或者到茅草顶上晒太阳。

柳焚余选了胖妇人这家。

这家并不比别家舒适，但窗外是溪流，环石在上贮成一圈清澈的水，对岸是地上铺了层厚厚山枫叶的山坡，门前养着没有见过场面的鸡和鸭，还有几口乍看以为是箱子的大猪。

方轻霞睁着美丽的眼睛，问："为什么？"

柳焚余道："如果有人从前面来，难免惊走鸡鸭，如果从后面，叶子会发出声响，而且，还有一道温泉口在后窗的溪里，半夜里一脚踩下去，以为是冷的，定要吓一跳。"

方轻霞想到那可笑的情形，忘了如果真有来人那是身处险境，噗嗤一笑，道："我不是问为啥选这家，而是问为什么来这里……我们不是去城中吗？"

柳焚余伸出一只手指，在方轻霞脸前摇了一摇，道："城里危机四伏，我去找你爹，你，不要去。"

第玖回

人头宴

　　——找到她爹之后会怎样……？柳焚余一路赶去城中，只留一半注意力在隐藏行踪，另一半，在反复想着，见到方信我之后要怎样。

——找到她爹之后会怎样……？

柳焚余一路赶去城中，只留一半注意力在隐藏行踪，另一半，在反复想着，见到方信我之后要怎样。

这其实才是柳焚余不让方轻霞一起去的主要原因。

——我要娶你的女儿。

那白胡子的老头子会答应吗？柳焚余自己摇了摇头：不会的。那老头子只会气得要杀了他，恨不得把他大卸二十八块，可是……

——他一定要得到她！

不管用什么方式，用什么方法，柳焚余用力握住藏在内袍的剑——由于换了件农家的衣服，这口袖中剑再也不能藏在袖子里去——如果老头子答应，那是最好；如果不答应，他不惜……

他想到这里的时候，眼中发出一种极其狠毒的表情，以致刚向他迎面走来的一名大汉，震了一震，几乎把手里拿的鲜鱼活蟹，松手掉了一地。

不过他随即轻叹了一声。

他不能那样做。

他那么做的话，方轻霞一定会恨他一辈子。

他不希望方轻霞会恨他一辈子。

他握剑的手松了；如果他刚才紧紧握的是一个人的脖子，现在，他已愿意接受这个人任何方式的踢、打、侮辱或责骂！

只要他还可以得到她！

"一定是霞儿！"

方信我在银白而浓密的胡髯里一直重复着这句听去十分肯定

的话。自从他中午来到宝来城后，就听到来宝客栈的血案，花了三两银子，听到了十数个人有头没尾的描述，知道死的大概是番子和关大鳄，活着逃去的男女便是霞儿和那姓柳的家伙。

他吹着胡子，扬着眉毛，眼睛几乎突露在眼盖之外，几乎找遍了宝来城。

可是那时候柳焚余和方轻霞正在城外。

方信我肯定了宝来城没有他女儿的影踪后，方休即道："爹，我们追出城去！"

方信我却转头走入一家饭店，道："吃了再去。"

方休好像殡葬答礼的人忽听到有人祝他寿比南山一样不可思议，急道："爹，救妹妹要紧啊，这吃不吃……"

方信我问在旁的方离："我们多久没好好吃过一顿了？"

方离道："好几天了。"

方信我又问："你看那姓柳的出城是不是刚才的事？"

方离答："只怕……我们未入城前那姓柳的已挟持妹妹走远了。"

方信我长叹一声，再问："你看姓柳的武功怎样？"

方离想了想，道："我本来以为他没什么，可是他能出手间杀了关大鳄及其手下，只怕……也不易应付。"

方休咕噜了一句："那有什么？"

方信我瞪了他一眼，道："柳焚余既然走远了，追上难免要费工夫，就算追上了，也不免一场恶斗，我们赶了几天路，没吃饱，这一战，要是救不回霞儿，'大方门'要算全栽了！"

然后他总结道："吃饭。"他悲笑道："吃得饭，刀才有劲！"

方离道："是。"

他心里对父亲佩服到顶点，因为他深知方信我心里也急、也气、也难过，但却仍能保持冷静、镇定，养精蓄锐。

方休却大不以为然。

他觉得吃不吃饭没关系，最主要是击倒柳焚余，仿佛他是可以吃刀光吃掌风吃得饱似的。

不过他再傲也不敢顶撞父亲。

因为他知道他父亲的脾气：真要是激怒了他，一巴掌，就叫自己掉了两颗大牙——他在五年前就曾经历过。

古扬州自其父死后，方轻霞又被劫，一直很沉落，绝少说话。

所以父子三人，和古扬州走入了"芜阳饭店"。

"选几道最快、最好吃的端上来！"

店小二大声答应道。

他不敢多问，也不敢多说，因为这老人背插金刀，满眼血丝，神情伤心，但又目含虎威，这店子虽不是他开的，但总算也工作多年，知道什么客人喜欢你多说两句，什么客人对他多说两句便会招来杀身之祸。

他才走进去，菜马上就上来了。

一锅热汤。

方信我瞪着虎目，只说了一个字："吃。"

方离、方休不敢不吃。

两人拿调羹匀了两口，觉得十分美味，不禁多吃了一些，古扬州捞起一块肉骨头就啃，方信我喝了两口汤，拿起筷子，长叹一声，又放下。

方离道："爹，好吃。"

方信我发出一声悲沉的长叹："叫我如何吃得下?"

方离不知用什么话来劝解老父才好。

方休却道："你不吃,待会儿遇上姓柳的,不够气力,救不回妹妹,那'大方门'算栽了。"这句是方信我刚说过的话。

方信我瞪了他一眼,马上用木勺舀了一瓢肉汤喝。

喝到一半,双目怒睁,顿住。

方休、方离全都目定口呆,看着锅子。

只有古扬州浑然不觉,还在吃。

锅子里汤少了,肉骨都显了出来,一眼看去,至少有一只人手,一颗眼珠子,一束头发。

只听一人呵呵笑道："好滋味吧?这儿还有一盘。"

这人就坐在对面桌上。

他一拍桌子,桌上的一盘东西就飞了过来,"乒"的一声,碟子平平落在方信我四人的桌上,碟盖震飞,露出一颗人头。

方信我目眦欲裂,因为那是一个烹熟了的人头!

移远漂的头!

那人仍笑着说:"趁热吃,不客气,请,请请!"

这个人光头,眼睛死白,像没有黑珠子,但一大蓬胡子,像一团黑扫帚。

这个人的头极大。他全身的发育,好像都在脖子之上,其余的四肢五脏像给抢去了营养,又似不及发育一般。

这个人还在解释:"我看看此人刚死不久,还挺新鲜儿,就煮给你们吃;我不喜欢吃老人肉,那个年轻的死鬼,就让给我了。"他指了指他桌上的肉盘子。

方休、方离同时拔出了刀。

古扬州挺起了耙。

同时间，三人只觉天旋地转，只好用兵器支撑住身形。

这个人笑了："你们既然吃了我的肉，也一样吃了我的药。我的药不会叫你们死，因为我还需要你们几个年轻而识时务的替我到虎头山、红叶山庄去，来个窝里反，里应外合，功劳少不了你的……至于年老的那位嘛——"

这个人笑呵呵地说下去："食古不化，只好给我补上一刀，先煮来吃了。"

他的胡子太过浓密，遮盖了他的笑容，使得他在笑的时候，不住要用手拨开腮边的胡子，让人看到他自以为十分亲切的笑容。

方休、方离、古扬州都想吐。

但他们发觉连吐的力量都没有，全身的气力像忽然间被抽空，又像一条游鱼，突然给人抽掉了脊椎骨。

方休先倒下，他吃得最多。

他倒下后，神志还是清醒的。

所以他知道只慢他片刻就倒在他身旁的人，是哥哥方离。

古扬州吃得最少，多吃肉，少喝汤，他最想呕吐，但中麻药最轻。

他怒目瞪着这个人。

这个人笑呵呵，拨开浓密的胡子，才知道什么才是"血盆大口"："你再瞪我，我先挖了你眼珠拌凉豆腐吃了，很滋补人的！"

方信我的白胡子根根猬竖，他咬牙切齿，一个字一个字地道："翟瘦僧！"

这个人开嘴大笑，像脸上裂了一个大洞，脸上三分之二是一个血口："白胡子你好！"

方信我似还想挣扎着说些什么，巍巍颤颤撑了起来，却抓住桌沿滑倒下去，桌上的茶肴盘碟乒乒乓乓摔了一地。

这时候，饭店里的客人早已走避一空。

发抖的店小二躲在柱后，抱头的掌柜蹲在台底，全身发颤的老板和老板娘早蹿回后房——做老板的好处似乎不止面子大一些，钱多赚一些，好处多一些，连逃命也似乎名正言顺一些，好像可以理直气壮地对卑微的人反责：你烂命一条，有什么好逃！

所以可怜的店小二抖嗦在藏不住他身子的瘦柱后。

翟瘦僧摇头，胡子也正像一柄黑扫把扫来扫去："啧啧啧，老了，不中用了，不如我替你了结了吧。"

他的黑胡子里发出沉浊的笑声，大步踏了过去。

古扬州死死盯着他，像一头快断气的狼犬在盯住要踹他的靴子，突然，干吼一声，扬耙劈下。

翟瘦僧没有避。

他足一钩，钩起桌子，砰地撞中古扬州腹部，古扬州闷哼一声，耙击空，丹田里憋着一口气给击散，人也几乎给击垮了。

翟瘦僧已到方信我身前。

他顿住，又"啧啧啧"了三声，仿佛在惋惜方信我不能出手，又仿佛在嫌弃他的肉太老。

他"啧"了三声之后，正待说话，突然刀光大盛，迎脸劈到！

这一刀竟然是方信我发出的！

他一个"鲤鱼打挺",还未跃起,刀已劈出!

可是他的刀光甫起,翟瘦僧的人影也已掠起!

刀光快,他的身影更快!

他的身影仿佛还在刀光之先。

他掠起,越过横梁,落在方信我的背后,手上早已多了一把九环大刀,当啷一连串响,一刀横扫而出!

他掠起的时候,手上并没有刀。

九环刀是大刀,配有长杆,他身上也藏不起这种巨型的兵器。

刀是置于横梁上的。

所以他掠起时无刀,落下时已有刀。

凌厉的刀!

方信我听到刀风时候,来不及回身,刀身竖起,贴背一旋,"当"的一声,横刀砍在直刀上,方信我手上的朴刀被震飞,他颔下的白胡子也激得飞扬。

翟瘦僧攻出一刀,即收刀道:"好刀法!好内力!要不是还算喝了我的'朱门臭肉酒',这一刀,谁也震不掉谁的刀。"

方信我喘息道:"你是怎样知道的?"

翟瘦僧知道他问的是什么:"四人中,你汤喝得最少,而内力最高,最先倒下的,绝不会是你,你骗不了我的。"

他捋了捋胡子又道:"别忘了,我是个杀手,好杀手都是会骗人而不被骗的。"

方信我脸涨得通红,银须映得更白。

他无疑是在养精蓄锐,全力一击。

翟瘦僧横刀当胸,也不敢轻视。

地上的瓷片、筷子，突然像炒豆子一般地弹跳着，叮叮作响。

店里隐隐充斥着一种呼呼的风声，像北方荒野的厉风，在密缝里卷刮进来。

那是方信我蓄势仍未发的掌风。

翟瘦僧高举九环刀，突然用尽气力似的踏进一大步。

方信我正要出掌，却发现翟瘦僧这一步逼进，只要他一出掌，双手是断定了。

所以他疾退了一步。

他退的同时，翟瘦僧又疾进了一步。

方信我没有办法，只有再退。

如此一退一进，方信我退了五次，翟瘦僧进了三次，方信我已被逼入死角，但未发出过一掌。

翟瘦僧觑准时机，大喝一声，一刀劈下！

正在此时，柱后的店小二疾冲而出，一剑，刺入翟瘦僧背里。

翟瘦僧回身，刀往店小二力劈而下。

店小二抽剑一缩，缩入柱后。

木柱被翟瘦僧一刀砍断。

木瓦纷纷塌下，方信我两掌，也正好劈在翟瘦僧背后。

只见人影一闪，翟瘦僧上冲而出。

方信我强提真气，急纵而起，虎爪一扣，抓住的只是一件衣袍！

翟瘦僧已闪出店门。

木瓦纷落之中，他已完成了金蝉蜕壳，但纷落的木瓦也同样地掩饰了店小二的身形。

他早已掠至门前，在翟瘦僧掠出门的刹那间出剑。

店小二十分明确地感受到"得心应手"的感觉，剑锋明明是刺入对方体内，刺过心脏，他的剑上还沾着鲜血，正一滴滴地落在地上。

可是翟瘦僧已不见影踪。

翟瘦僧连挨两掌两剑，居然还可以逃出"芜阳饭店"！

店子里塌了一小半。

方信我强吸一口气，抱拳道："这位哥儿，老夫的性命，全仗——"

忽听古扬州怒叫道："他就是姓柳的！"

方信我也看清楚了，一个箭步，俯身抄起大朴刀，厉声道："霞儿呢？"

柳焚余入得城来，见方信我等在"芜阳饭店"里，而翟瘦僧也在，知道这几人有难，便趁店小二上菜之后，点倒了他，把帽子压低，装扮成店小二，躲在柱后，给翟瘦僧致命之击。

柳焚余杀翟瘦僧，只为自保，但也是为了救心魂牵系的人的父亲。方信我这一扬刀喝问，又使二人成为了敌对。

柳焚余撇了撇嘴唇，本来准备好的一番话，都咽下肚里去，心中只想：要不是我及时的一剑，你早就死翘翘的了，还能对我这样吼？

古扬州吼道："你把方轻霞怎么了？"

柳焚余一副好整以暇超过了可恶的样子："我把她怎样，关你什么事？"

古扬州怒喊："她……她是我的……"

柳焚余冷冷截道："她现在是我的。"

古扬州气得肚里像一锅热腾腾的粥，呼呼地哼着气，方休尖声道："淫贼！你要敢碰我妹妹一根汗毛，我要把你碎尸万段！"

柳焚余冷笑道："我早已把她衣服脱光，岂止动了一根汗毛!"

方信我须发猬张："你!"

柳焚余吃了一惊，知局面已无可收拾，长叹一声，掉首而去。

方信我怒吼："我跟你拼了!"一刀，往柳焚余后脑直劈下去!

这一刀，如果劈一块大石，石头也会留下鬼斧神工的裂纹。

可是这一刀是砍向柳焚余的脑袋!

方信我因心悬方轻霞，动了真火!

柳焚余也因这不留余地的一刀，动了真怒!

第壹零回

眼睛、星星

　　一个好杀手应该是个冷静无情的人。柳焚余在未见到方轻霞之前，的确是个无情汉！方信我这一刀，使他连冷静也骤然失去。

一个好杀手应该是个冷静无情的人。

柳焚余在未见到方轻霞之前，的确是个无情汉！

方信我这一刀，使他连冷静也骤然失去。

——在梅花湖畔，不是我杀了萧铁唐，这个老家伙和几个小王八，焉能活到现在？

——刚才不是我刺伤翟瘦僧，这老不死早就人头落入盘中了！

——可是他竟这样对我！

柳焚余平时极少行善，因为他根本不信报应，这一次救人，算是例外，不料竟遇到这样子的"报复"，心中大怒，回身发剑！

剑后发而先至！

方信我毕竟是饱经阅历的老刀客。

他在盛怒中仍断决明快，衡量得失，回刀自救，星花四溅，架住一剑。

柳焚余低身抢攻，刷刷刷，一剑快过一剑，攻向方信我腰际。

方信我沉刀招架，"玎"的一响接着一响，封住柳焚余的攻势。

可是此际，他年老体迈，加上中了微量的麻药，已无还手之能。

柳焚余忽然收剑。

他半蹲的身子也徐徐立起，然后，转身，大步走了出去。

方信我牛喘几声，挺刀大喝："淫贼，还霞儿来！"一刀又向柳焚余脖子砍了下去！

柳焚余倏然发一声尖啸。

啸声凄厉已极!

剑风随厉啸而起,他回身时剑已刺中对方手腕!

这一剑,削去方信我右手拇指。

方信我手中朴刀,当然落地。

不料方信我形同疯虎,扑攫上来要拼命似的,柳焚余剑尖一吐,以图迫退方信我,岂料方信我似因怒急攻心,加上伤痛和麻药使他反应略为愚钝,胁下竟撞了上去。剑锋穿过,闷哼一声,扑倒地上。

柳焚余本来只想伤他,不意竟杀了他,一呆,想到方轻霞,心中大乱,忙蹲下来,观察方信我的伤势。

这时,古扬州、方休、方离都咆哮道:"杀人了!杀人了!""你不要走,淫贼!""爹!爹!"因都中了麻药,挣扎上前,都爬不动。

柳焚余想不到有这种结果,心慌意乱,一探方信我的脉搏,骤然间,方信我的左掌蓦地抬起,疾击柳焚余的面门。

柳焚余是一个好杀手。

一个好杀手,跟所有的艺术家一样,除了努力自我训练,还要有天才。

柳焚余的反应之快,不仅是训练得来的,而且天生如此。

在这刹那间,他一剑刺落。

剑尖斜穿方信我的掌心,刺入他咽喉里。

柳焚余霍然跃起之时,他的剑已然命中,他的身法还要慢他的剑法几个刹那间,他一面意识到方信我诈死狙击他,一面怒叱道:"你这个老狐狸——"骂到第五个字的时候,才省悟方信我已经死了。

真的死了。

柳焚余意识里一团杂乱，奇怪的是，他没听到古扬州等喊些什么，也没去注意那十几个冲进来如临大敌的衙差，他只是想到，方轻霞的一个神情，歪着头儿，像一只研究主人手里拿什么东西的小猫儿，又顽皮又可爱，而且以为自己很大胆的挑逗，但在过来人看来忍不住为她的稚嫩而莞尔。

忽然间，那喜气洋洋而又深情款款的眼神，全化作了恨！

好深刻尖锐的恨！

柳焚余长啸，化作剑光，冲出店门。

他衣服上沾了红花般的鲜血。

直到跑出十条街巷，到了一处偏僻的地方，他才脱下了店小二的外套，丢入田畦里，看着田畴里的小孩与水牛，愣了好一会儿。

直到他舒身离去的时候，折了道旁一枝白色的花，端在胸前，用口轻吹着，花瓣在风里轻颤，像情人的手抚过一样令人生起感动。

柳焚余吹着手上的花枝，宽步走着，山边的阳光不再耀眼，反而在天际留下淡淡的云烟，像在山上望下去的人间一样，有一种烟远、平和的亲切感觉。

也许是有一两步跨宽了，或因为上身因走路时的震动，他有一口气吹用力了，一朵娇小的白花，没有惊呼地离开了手上的树枝，在风里几个徘徊，落在阡陌间。

柳焚余心里替它作了个无声的惊呼，却没有去拾。

他凝神地轻吹手中的花枝，不徐不疾地向山谷走去。

他双眉像用墨笔画上的两道眉，在近黄昏的微光中如两片黑色的羽毛，温柔沉静。

黄昏的山谷里，升起一些积雪般的淡烟。河水潺潺地流入了淡河薄暮。

柳焚余举目就看见谷里几十户人家，两三声犬吠，还有七八盏星夜的灯火。

抬头只见天际升起了星星，一闪一闪，寂寞明亮。

方轻霞的眼睛有星。

她小的时候，常在庭院里望着天际的星星，捧着腮儿，想：星星是不是像我一样地寂寞？

她始终觉得：星星像她一样美丽，星星也像她一样地寂寞。星星常常对她眨着眼睛，星星是天上寂寞神仙的眼睛。

星星也爱看她的眼睛。

星星不比月亮，月亮喜欢柔和地抚她的眼眸，星星则喜欢跟她眨眼睛，所以星星眨一眨、她也霎一霎眼睛，霎着霎着格格地笑个不停，觉得彼此传达的讯息只有她和星星知道这秘密。

后来母亲跑出来，看见是她，拧着疼着她的脸颊说："我还以为笼里的小母鸡跑了出来，格呀格地笑个不停，原来不是鸡，是小霞儿笑得像鸡，格格格格地！"

她就一头扑在母亲怀里乱笑，把星星看她眼睛的秘密讲给她母亲知。

后来，她母亲就过世了。

这秘密又只剩下了她和星星知道。

此际，她把脸挨在竹棚蔓叶下的一粒葫芦瓜上。

葫芦瓜有纤细得令人舒适的绒毛儿，但那不是母亲温暖的怀里。

瓜儿也不会用叶子来拧她的脸。

只有天际的星星，仍像十数年前那么亮，十数年后大概还一样亮丽？只是那时候自己的眼睛，还会不会那样亮？

方轻霞微叹了一口气，溪水冒着微烟，黄昏的山谷像一幅水彩画，愈画愈深，颜彩愈涂愈厚，不过山间暮色仍是轻柔的。

秋暮是带着寒意的，但山涧的温泉又烘得她脸蛋儿热烫烫的，还有些微的昏眩。

她痴痴地想着，忽然生气地拧断了衔接瓜实的蔓藤，愤愤地把葫芦瓜摔出去，顿着脚，心里一迭声地骂：那个死东西，鬼东西！不回来！还不回来！把我丢在这个地方！我不管了，我……

就在她那么想的时候，似乎醒觉到一件事：她好像没有听到葫芦瓜摔落地上、水中的声音。

她长长的睫毛颤了颤。

只见溪涧间的木桥上，多了一袭白袍。

方轻霞忍不住心中一阵急叩，来不及脸红，就看到柳焚余，背着眉月，左手拎着枝花，右手接住葫芦瓜，站在那里。

方轻霞这时才感到脸上一阵热，知道是脸红了，给这鬼瞧见了，愈发地红了，她忘了在月光下的颜色只有灰银和黑，绯红最能遮掩，便抢先发了脾气："你回来了么？我以为你迷了路了，给狗咬了，给狼啃了，不懂回来呢！"

柳焚余道："我是迷了路了，给鬼迷住了。"

方轻霞故意格格笑道："一定是女鬼吧？"

柳焚余道："对，一个眼睛亮亮像星星，眉毛弯弯像月亮的女鬼，抛出一个葫芦瓜把我打昏过去了，所以到现在才能回来。"

方轻霞忍不住笑："女鬼打你这个大头鬼！"

柳焚余微笑道："葫芦瓜敲我这个大头瓜！"

方轻霞觉得这样笑可能不好，给爹看见一定会骂她太轻佻，忙扳起了脸孔，道："谁跟你笑。"

柳焚余也扳起了脸孔，然后捧起葫芦瓜，"哈！哈！哈"的干笑三声，道："对，我跟它笑。呱！呱！呱！"后面三个字，像读吐出来一般。

方轻霞又忍不住吱格吱格地笑，笑着问："我爹呢？"

柳焚余耸了耸肩，道："我没找到他，据说，他回，"在这里顿了一顿，随即接下去说，"好像出城南下去了。"

方轻霞想了想，道："他们一定上红叶山庄去了，"她咬了咬唇，道，"我们找他去。"

柳焚余扬了扬眉毛笑："我们？"

方轻霞兴高采烈地道："对呀，你也一道去呀，告诉爹说你改邪归正了，他一定会原谅你的。"

柳焚余道："他不会原谅我的。"

方轻霞偏着头问："为什么？"

柳焚余看着她可爱的神情，犹豫了一下，道："因为……就算他肯原谅我，那黑脸小子也不会放过我。"

方轻霞道："哪个黑脸小子？"

柳焚余淡淡地说："那个黑脸小子。"

方轻霞想起古扬州，咬着嘴唇，说："那个黑东西……怎轮到他来说话！"

柳焚余道："他可是跟你定下亲事，未拜堂成亲的丈夫。"

方轻霞顿足道："见鬼！谁要嫁给他了！他说话都像雷公放屁，在我左耳边说，我左耳就嗡嗡响，在我右耳边说，害得我右耳聋了半天……"

柳焚余笑道："那你是一定非我不嫁了！"

"见鬼！"

方轻霞一巴掌就打过去。

柳焚余轻轻一闪，就躲开了。

方轻霞收势不住，冲入溪潭中，以为暮夜的溪水彻骨地寒，不料温泉的热流不舍昼夜。潭水很暖。潭边石上还放着个捞鱼的小筲箕。

方轻霞眼睛一转，咬着唇，背着柳焚余叫道："哎哟。"

柳焚余听得心里一沉，即问："怎么？"

方轻霞只是呻吟，不响应。

柳焚余抢步上前，袍裾下全湿了水，双手搭在方轻霞肩上，问："怎么？"

方轻霞一回身，"嗤"地一笑，双手捧住筲箕往水面一拨，哗啦啦一蓬水在月下闪着千点银，罩向柳焚余。

柳焚余其实如果全力要避，不一定会避不开去，只是，方轻霞陡然转身，在月光下，在水光中，那笑容实在是太美了。

美得柳焚余忘了闪躲。

这刹那间，就算是暗器，杀手柳焚余也宁为一笑而不躲开去。

柳焚余全身湿了一大片。方轻霞笑得弯腰，额上几乎沾在水面："你……你……看你……看还敢不敢欺负本小姐……"

柳焚余笑道："谁是本小姐？"

方轻霞噘着嘴儿俏皮地道："方姑娘就是本小姐。"

柳焚余故意学她把眼睛睐了睐，双手负于后，学她扭扭腰肢，装着女音道："方姑娘不姓方，姓本，本小姐……"

方轻霞又气又笑又嗔又羞，叫道："难看，难看死了。"扬手打他面颊，柳焚余忽然一弯腰，匀起一把溪水，泼了过去。

方轻霞尖叫着，也弯腰双手泼水，两人一面笑着，一面叫着，没有闪躲，只顾把水泼到对方身上。

门前老狗低吠了几声，觉得人模拟它还不可思议，也就不叫了。鸡啼了几响，扑打着短翅，同时发现自己不是鹰，而且入夜后的视觉十分有限，也草草了事。只有小客栈的老板娘推开竹竿伸头出竹棂子看看，笨重地挥了挥头，只觉得城里来的客人，总是莫名其妙就笑，大惊小怪地闹，实在比乡里的人还不体面，想着也就名正言顺地缩头入屋跟她的老姘头吱吱咿唔去了。

在微暗的温泉水中的两个人，仍在笑闹着，衣服已尽湿透。

柳焚余低身抢上前去，拦腰抱起方轻霞，笑着说："你还闹？你还闹，我把你摔进潭底去……"

方轻霞捶打着柳焚余的双肩，笑得上气不接下气地道："你摔、你摔！你敢摔？你这个鬼……你敢把我怎样!"

忽然觉得柳焚余完全没了反应。

如果说有反应，那只是柳焚余的双手，更用力了，使得方轻霞有一种喘不过气来的感觉。

然而柳焚余的呼吸声渐急促。

她蓦然发觉自己是给他紧抱着，而且腹部贴近他的脸上。

她羞得不知如何是好，心也乱得像发上的水珠，没条没理地乱滴乱淌。

就在此时，柳焚余突然放开了她。

第壹壹回 杀父仇人

他把她像一朵莲花般地放回水中。淡淡的月色下，溪水并不平静，两人身上都蒸发着热气。柳焚余深深地望进方轻霞眼眸里。

他把她像一朵莲花般地放回水中。

淡淡的月色下，溪水并不平静，两人身上都蒸发着热气。

柳焚余深深地望进方轻霞眼眸里。

她的眼睛像两朵小星，但不是顽皮，而是寒颤着在害怕。

他第一次发现她是怕他的。

然后他发现她全身真的在颤抖着。敢情是因为冷吧？温泉浴过后不穿上衣服，很容易会着凉的，而且晚风微急，山泉的冷冽尤胜温泉的暖和。

借着些微的月色，他仍可以看见方轻霞衣衫尽湿，紧紧地贴在身上，胴体也在湿衣里镀着月色显示出极柔美的曲线。

在这刹那间，他知道她怕什么，她也知道他正在想什么。

由于这么毫无隔碍地深知对方，方轻霞只感觉到一阵无由的害怕，犹如洪荒梦魔世界里飞来一支黑枪，击中她心灵荏弱处，她无助地打了一个冷颤。

柳焚余不禁揽住了她，问："冷吗？还冷吗？"他吻着她的手，不久他看进她两朵寒怯的星眸里去。

方轻霞激烈地发着抖。

她感觉一阵火焰逼近了她，奇怪她愈靠近这火，愈觉得冷。

柳焚余吻在她雪白的颈上。月色把她的颈项磨润得像一段柔美的白色绒布，连微微的青筋都淡去了，耳朵更浮雕得像一片小小的白玉，嵌在黑发里。

柳焚余用唇温热着她，呻吟道："连头发也那么冷……"他用力抚摩她的发，扳开她的脸孔，她掉落梦里似的，衰弱地叫了一声，闭上了眼，柳焚余用唇在她鼻尖轻轻沾了一沾，再强烈地、火热地、粗鲁地找她的嘴唇。

方轻霞紧紧合住眼，"哎……"了一声，柳焚余觉得心中被要温怜她的欲望所烧痛，忽然拦腰抱起她，大步踏出潭水，往屋里走去。那枝花落在水面上，搁浅在潭边，打着旋儿，并没有随水流出去。

窗外有潺潺的流水声、虫叫、蛙鸣，甚至还有猪的鼾声，狗在梦中吃大肉骨头的磨牙声，以及七八家屋外的后栅上，几只老猫在有一声没一声地叫。

然而有这些杂音，才分外感到静。

如果没有这些声，那是寂。

寂是怕人的，静并不可怕。

静是平和、安稳的。

像船静泊江边，像婴孩睡在摇篮里，像女子对镜子画眉，像路过农家的饭香……尽管方轻霞内心如何地感觉到平静，但她仍是全身发着抖，而发生在她身上的事是狂乱的。

她虽是江湖女儿，却不知道男女之间的事。

她以为要成为夫妇只是一夜间睡在一起便是了。

当她感觉到痛楚时，她哭着，流了泪，觉得像一团火，烧灼着她，烧痛了她。

最后她哭着依偎在他雄厚的肩膀。

狂乱终究平息。

月亮照进来。

月亮照在柳焚余粗豪而安静的眉上。

他闭着眼睛，不知有没有睡去。

方轻霞感受着窗外各种各式声音的安静、宁谧，感受着月色的温柔，竟不忍去唤醒他，希望就永远这样地睡着，不要醒来。

柳焚余的睫毛忽然颤了一颤。

她知道他的眼睛就要睁开来了，她想躲进被里。

可是他忽然说话了。

语音冷静得像石头投入平波如镜的湖面，令人心碎。

"我杀了你爹爹。"

他说了那句话，才睁开了冷而定的眼睛，冷冷地说下去：
"我，杀死了你爹爹，方信我。"

然后问："你听明白了没有？"

方轻霞的梦碎了。

她颤声道："你……你说什么？"

柳焚余没有再答她，只望定了她。

方轻霞猝然抽出搁在桌上的剑，一剑狠斩下去。

柳焚余没有避。

一下子，血染红了棉被。

方轻霞悲声道："你……你为什么要这样做!?"

柳焚余平静地望着她。

方轻霞想起爹爹一直待她是如何地好，心中一阵绞痛，又一
剑刺出。

剑刺入柳焚余胸肌。

柳焚余依然没有闪躲。

剑尖入肉，剑势顿住，方轻霞哀声说："你不避，我刺死你，
我刺死你。"

柳焚余道："你应该杀我为父报仇的。"

方轻霞哭着说："你为什么不避开？你为什么不闪开？"

柳焚余道："你杀吧。"

方轻霞恨声道："为什么……你要对我那样之后，才告诉我……你……"

柳焚余缓缓地道："因为我已决意要死在你手里。我唯一的愿望，就是要得到你。我背叛阉党，是因为你。杀关大鳄、萧铁唐、翟瘦僧……都是为了你……也是不想失去你，所以才误杀你爹……我要得到你，才死得瞑目，死得甘心。"

方轻霞丢下了剑，哀号道："爹……"一声哀恸中，说了许多话，都是当着她父亲面前未曾表达的。

柳焚余没想到她不杀他，木然了半晌，过去想抚拍方轻霞的肩膀，她却似遇蛇蝎一般闪开。

柳焚余道："你想不想知道你爹怎么死的详情——？"

方轻霞截道："你骗我！爹没有死，我知道，他装死过！他没有死，你杀不了他！"

柳焚余长叹一声道："他要不是装死出手，我也不致仓急间刺出那一剑了……"当下不管方轻霞听不听，把"芜阳饭店"里发生的事和盘托出。

说完之后，只见方轻霞披衣静立窗前，月光把她的鼻颔勾勒出一种深明柔和的弧线。

窗外寂静一片，温泉氤氲着雾。

柳焚余心系于伊，不知道她在想什么，忽然想起：窗外的蝉鸣、虫聒、蛙响呢？

就在这刹那间，屋顶裂开，同时掉下四个人来！

另一人穿入窗口，仗剑拦在方轻霞身前，道："方侄女不要怕，我们自会拿下这淫贼。"

从屋顶落下的四人，在柳焚余未及有任何行动之前，已分四面包围住他。

映着微弱的月光，柳焚余依稀可以分辨得出，其中之人是方离、方休和古扬州。

这三人的神态对柳焚余都恨极，恨不得把他挫骨扬灰，研成肉渣，但柳焚余怕的不是他们。而是站在东南面首位，像头毛茸茸的大猩猩，四人当中，他不但落地最轻，而且简直没有声音。

柳焚余知道这人是谁。

这人是白道"刀柄会"之三大柱之一：点苍派掌门人钟错之师弟，"猿外之鹰"程无想。

程无想在武林中的辈分，绝对比方信我高，"点苍派"在江湖中的地位，也一定比"大方门"重要。

程无想的武功，也肯定比方信我高出很多，尤其是他那一身防不胜防的暗器。

柳焚余心里叹了一声，在这种情形之下遇见这个人，是他最不想也最不愿意的。

那仗剑拦在方轻霞身前的人又道："柳焚余，想不到……你仍死性不改。"

柳焚余听到这人的语言，心里只剩半截的斗志也凉冷下去。

——这人是"三大支柱"中"括苍派"掌门郭大江之义弟石派北，这人跟郭大江、孟青楼、雷眉同是"括苍四结义"，当年自己落难之时，石派北曾接济过自己母子两人，也曾谆谆善导，殷殷劝诫……

——可是殷殷谆谆又有什么用？这些人，希望人人能像他们一样步入正道，但是，又从来不给机会予别人。

——他们本身早已是成名人物，而且，还有实力帮派作为后盾，一举一动都是令人瞩目的义举，可是自己呢？只配在人丛里瞻仰崇敬、拍手欢呼？他们又何曾伸手提携，使自己尽展才能？在自己落难之际，这些成名人物，多是不屑一顾，一沉百踬！

柳焚余苦笑。

他是邪派。

他们是正派。

所以他该死。

他知道这次就算自己不该死，也得死：因为在石派北与程无想的联手下，以此刻自己的伤势，根本不可能冲得出去。

——于是，正派又一次歼灭了一个邪魔歪道，为民除害，替天行道！

柳焚余淡淡地道："你们要怎样？"

石派北道："杀人偿命。"

程无想道："你不要想逃了，除我们之外，屋外还有'青帝门'首席人弟子江近溪。"

他咧嘴笑了笑，道："另外，黄山派李弄、雁荡派的许暖，还有'飞鱼塘'的顾盼之，马上就要来到。"

柳焚余笑了。

"你不必报上这些人名来吓阻我遁逃。"他笑着说，"我根本不想逃。"

他向方轻霞坦言自己杀死方信我的时候，已经没准备活着，否则不可能连大敌欺近也全无所觉；不过，他是希望死在方轻霞手里而不是别人手上。

所以程无想的话并不能使他感到恐惧。

程无想说的不全是真话。

江近溪的确是在屋外,李弄也会赶来,但是许暖和顾盼之却已先行聚集在虎头山,统筹"刀柄会"分舵的大事。

顾盼之是"飞鱼塘"的"老秀",除了宋晚灯、叶楚甚、叶梦色、林独儿外,"飞鱼塘"的"五大老秀"中要以顾盼之最允文允武,才气纵横。

许暖是雁荡派中一个特殊人物。

甚至有很多人猜测,雁荡派最重要最有气派而最具分量的高手,反而不是雁荡派掌门人华画亭,而是许暖。

这次"刀柄会"拟在虎头山成立分舵,以红叶山庄为据,"飞鱼塘"派出了顾盼之,雁荡派来了许暖,以壮声威。

但他们一早已上了虎头山,并不知道移远漂、方信我等人惨死的事。

至于黄山派副掌门李弄,是因为中途遇上受伤的杀手翟瘦僧,他赶去追杀,一时未能回来。

江近溪确是"青帝门"的首席弟子,但自从"青帝门"遭惨变祸乱以来,渐已被江湖人改称为"无助门",在武林中的地位日渐式微,江近溪算是近年来"青帝无助门"较有名气的高手之一。这趟开坛大典,江近溪也凑上。

程无想、石派北、江近溪和李弄四人,取道宝来城,赶赴虎头山,不料就听闻移远漂被杀一事,加以追查,却慢了一步,他们是在方信我被杀后,才赶至"芜阳饭店"的。

李弄刚好撞上狼奔豕逃的翟瘦僧,因李弄与之有宿仇,便跟三侠约好通讯之法，然后与江近溪追击翟瘦僧。

程无想和石派北替方离、方休和古扬州逼出了体内的麻药，才弄清楚了事情，但仍然不知往何处去追查柳焚余的下落。

不意江近溪和李弄追杀翟瘦僧，穷追猛打，仍擒他不住，却见在闹市里一人施展轻功，闪缩逃窜，李弄眼尖，忙命江近溪去追。

这一追，追出了结果。

原来那人是柳焚余狙杀关大鳄之时唯一逃脱的番子，这番子也算是个人物，一方面立功心切，一方面自恃柳焚余不可能认得他的样子，居然一路上乔装打扮，跟踪柳焚余，故此知道了柳焚余跟方轻霞前往宝来温泉谷，便先回衙，令人通报，再派大批人马前来围剿。

这番子机警得很，但这次因反应过敏，以为李弄和江近溪是要来杀他的，反身便逃，结果给江近溪手到擒来，他的武功不如他脑袋那么好，骨气更无，一下子，什么都供了出来。

其实，那次在城门口给柳焚余一瞪眼吓得把手里东西往地上丢的人，便是这个乔装平民的番子。

江近溪得知这个消息，便通知程无想和石派北，三人连同咬牙切齿悲愤莫已的古扬州及方离、方休，悄悄掩至宝来温泉溪谷，包围了柳焚余。

江近溪掳着番子，守在屋外，以防柳焚余万一真个能突围而出。

柳焚余却并不想突围而出。

石派北道："本来，看在令尊分儿上，我们可以饶你性命，可是……"

柳焚余截道："要不要命在我，从未需要人饶。"

石派北道："那好，你既然敢作敢当，我们两人中，你挑一个吧。"

柳焚余淡淡笑道："你见我这身伤，纵然一对一也必能杀我，所以才故作大方。"

石派北道："你……别不识抬举！"

程无想也淡淡地道："就算我们是故作大方，以你此刻的伤势，这还算是一个活命机会，总比群攻的好。"

柳焚余微哼声道："谢谢给我机会。"

方休忽道："让他跟我决一死战！"

石派北道："贤侄，百足之虫，虽死不僵，这人武功……"

方休大声道："他杀死了我爹爹，当然由我报父仇！"

石派北用手搭在方休肩膊上，劝解道："我们擒住了他，再交给你如何？"

方休一手拨开了石派北的手，怒道："我是顶天立地的男儿汉，报父仇是方家后裔的事，不用外人来帮忙！"

方休这话可说得甚为决绝，石派北脸色一变，长吸一口气，正要说话，方离诚惶诚恐地道："石大侠，我弟弟年幼不懂事，不识大体，石大侠不要见怪才好！"

石派北脸色铁青，嘿了一声，道："我不见怪！"又嘿了一声，"我不见怪！"

——方休涨红了脸向他哥哥道："报杀父之仇是我们的事，哥哥怎地没志气，要借旁人之手！"

方离急得跺脚道："石、程、江三位大侠仗义相助，我们谢人犹不及，不可得罪人！"

方休一副看不太起哥哥的样子，别过去不理他，程无想道："方休少爷既有的是志气，不妨把这淫贼拿下，我们在旁掠阵便了。"他也看不过方休狂妄，存心挫他一下，俟危险才出手迎救。

柳焚余蓦地怆然笑了起来："你们当柳某人是羊是猪，在秤斤论两，肝分给谁，肉分给何人是不是!"

忽听古扬州吼道："他是我的! 谁也不得碰!"

他戟指柳焚余咆哮道："他也杀了我爹爹，还……"

眦睚欲裂地虎冲到方轻霞背后，看见方轻霞云鬟凌乱，衣衫不整，双目直似要喷出火来，两只葵扇般大的手撼摇着她的双肩道："他……他把你怎样了? 他有没有……有没有碰你?!"

方轻霞本来一直面向窗外。

窗外有月，天际有星。

屋里所发生的事她一直没有回头，像是连听也没有听；泪光早已像银鳞一般微伏颊上，像远处的溪流在月光下微微地闪亮。

古扬州不知因为怎样一股情绪，双手大力地抓住她，要把她拧转过来。

第壹贰回

剑法 自残

　　柳焚余突然被一种无可抑止的愤怒所震动，他浑忘了在对敌时的一切禁忌，怒吼一声，长身扑向古扬州！程无想吃了一惊……

柳焚余突然被一种无可抑止的愤怒所震动，他浑忘了在对敌时的一切禁忌，怒吼一声，长身扑向古扬州！

程无想吃了一惊，他没想到柳焚余竟会在此际出袭，而且掠出的姿势至少有七八个破绽，都足以一击致命的。

这使得他怔了一怔：不相信柳焚余竟如此不智，也不相信柳焚余的武功会如此不济！

这一怔使他来不及出手。

柳焚余已到了古扬州身前。

石派北一剑划出！

柳焚余身上溅起一道血泉。

石派北也为之震住。

他没料到柳焚余竟不知闪躲：他原先划出那一剑主要是拦止或吓阻作用，柳焚余只要挺剑去格，身形就得停下来，他并不以为这一剑能伤柳焚余的。

柳焚余已扑到古扬州身前，双手抓在他肩上。

古扬州一呆，猛然回身，双拳轰然击在柳焚余胸膛上！

柳焚余吐气扬声，把古扬州直摔了出去！

"不许碰她，谁也不许碰她！"

石派北和程无想面面相顾，为之愕然。

古扬州被摔飞出去，还未站起来已经破口大骂："王八蛋！臭婊子！你们两个奸夫淫妇，真不是东西！"

方离上前扶起古扬州，皱眉道："古兄，这，这怎生说得……"

古扬州仍然怒气冲冲地道："我不管！为了你们方家，害死了我爹爹，这还不算，你们方家的人，出了这样一个不守节操的——"

方休忽拔刀大喝道："住口！"

古扬州倔强地昂首道："你管我的口，不去管你妹妹！"

方休怒道："你再说，这门亲事，就算断了！"

方离截道："老二——！"

古扬州愈想愈怒，觉得古家为了方家，可蚀到底了，而今又连老婆都倒赔出去，舅子全帮着外人来对付自己，他直性子拗不过来，只忿然道："去你妈的！断了就断了，用过的货色，送我还不要呢！"

方轻霞全身震了一下，转过脸来，脸色煞白一片，眼泪像银河一般伏在她脸上，用手指着古扬州，却颤着唇说不出一个字来。

古扬州说出了那句话，马上就感到懊悔，他本来因驳方休的话才出此狂言，实在不是存心要这样说，其实他对于方轻霞，是死心爱塌了地，是一时一口气拗不过来，并非要计较到底。

方休再不答话，一刀就斫了过去。

古扬州本待要向方轻霞说两句转场子的话："我——"方休一刀斫来，他再也顾不得分辩，迎耙一架，"当"地星花四溅，同时，夹着两声叹息。

这两声轻叹，自然便是石派北和程无想发出来的，在他们眼中看来，"大方门"死了方信我，"古家大耙"死了古长城之后，这两家的人，可以算是完了。

方休和古扬州还在一刀一耙地交手起来，方离尽是急得跺脚跳："停手，停手——"却没有人理会他。

石派北走前一步，踏在方轻霞与柳焚余之间，背向方轻霞，剑尖斜指柳焚余，道："焚余，来个了结吧。"

程无想道："他没有兵器。"柳焚余的剑还在方轻霞手上。

程无想说这句话之时，欺身抢入方、古二人战团，这话说完之时，手上已夺下方休的刀，丢向柳焚余，然后笑道："将就点，用刀吧！"

柳焚余接过单刀。石派北拱手道："请了。"蓦然之间，背心一疼，背脊已给尖利的东西顶着。

石派北登时惊出一身冷汗，当时动也不敢动。以他的武功，当然远在方轻霞之上，不过他万不料这样一个刚死了父亲的小姑娘会这样做，所以一点防备也没有，轻易受制。

只听方轻霞冷冰冰地叱道："石大侠，你不要乱动，否则别怪我剑下无情！"

石派北惨笑道："我不动。"

程无想踏进一步，怒道："方侄女，你怎能……"

方轻霞剑尖一震，石派北只觉剑尖已刺入肉，脸肌牵搐一下，闭上了眼睛，只听方轻霞向程无想喝道："你也不要过来。"

程无想一见石派北脸色，陡然止步。

方离叫道："三妹，你疯了！"

方轻霞冷冷地道："我没有疯。"

方休气呼呼地道："那厮……是杀爹爹的凶手啊！"

方轻霞眼泪往脸上挂，手中的剑抖着，说："我知道，我知道！"

柳焚余一见情势，一个箭步抢去，伸手间已封了石派北的穴道，石派北颓然倒下，柳焚余倏然抢到方轻霞面前，道："我只愿死在你手下，你杀了我吧！"

方轻霞望着明晃晃的剑尖，剑尖上已沾了柳焚余的血迹，忽然坚决而悲怆道："爹爹，请恕霞儿不孝。"忽然剑指着地上的石派北，大声道："你们听着，放他走，不然，我杀了石大侠！"

柳焚余如在梦中乍醒，蓦然一震。

古扬州喝道："真不知廉耻！"

方离还待劝说："三妹，你怎么啦，他是杀父仇人，石大侠是帮我们报大仇的呀——"

方休却不答话，夺过他哥哥手中的刀，飞扑向方轻霞。

半空人影一闪，方休后颈已给程无想抓住，扯了下来，动弹不得。

程无想在方休耳畔低声喝道："你鲁莽是你自家的事，但石大侠可不能受你牵累而死！"

然后向方轻霞道："方姑娘，你说，你要怎样？"

方轻霞贝齿紧咬嘴唇，心乱成一片，却道："放他走，放他走！"

程无想呆了一呆，嘴边泛起了半个冷笑，忙不迭地道："哦，好，好，我放，我们放他走，不过，方姑娘，你先收起剑，好不好？"

柳焚余做梦也想不到方轻霞会为了他，竟这样做，他原本痛恨自己浪荡半生，却因一个小女孩而坠入情网，以致不能自拔，害了自己性命，但又无法潇洒得起来，不料方轻霞牺牲比他更大，而行动又比他坚决，仿佛他本来只顺手架好一座桥，人们却把他当作善人看待，这回报使得他更惜重自己，觉得受宠若惊得禁受不起，另方面也不惜生死多做点事。

他整个人都变了。

尽管血还是在淌着，伤口还在痛着，但他整个人已充满了机警与斗志。

　　他一手挟起石派北，横刀架在他喉咙上，身子挡着方轻霞，喝道："不许说话也不许动！留在屋里，否则姓石的就没命！"一面示意方轻霞打从窗口掠出去。

　　程无想只好苦笑，方休还想说话，他伸手间便封了他两处穴道。

　　突然间，窗外人影一闪，柳焚余大喊："小心！"但已迟了，来人一手自窗外扣住方轻霞的背心。

　　柳焚余的刀向上捺了一捺，石派北喉核滚动了一下，颈上顿时现出了血痕："放了她！"

　　窗外的人道："放她可以，你也放了石大侠。"

　　柳焚余道："好，我放姓石的，你先放了方姑娘。"

　　窗外的人想了想，道："不，你先放石大侠，我再放方姑娘，我是黄山派李弄，我说过的话一定算数！"

　　柳焚余考虑了一下，道："我先放也可以，不过，这屋里的人全都得出去！"

　　李弄沉默。

　　程无想道："好，我们都出去。"他想在屋外展开包围，不怕这对狗男女飞上了天。

　　方离还要劝："三妹，你……"

　　方轻霞背心被抓，作声不得，柳焚余向李弄喝道："姓李的，你别做手脚；不然，姓石的就算是给你害死的。"

　　李弄笑道："放心，我还不想跟括苍派作对。"

　　程无想要方离扶方休退出屋去，古扬州忽然跳起来，大叫道："我不走！我不走！这狗贼杀我爹爹，淫我妻子，我——"

程无想冷笑一声，一脚把他扫了出去，喃喃地道："你也不想想为你们出头的人性命危在且夕，只顾一味逞强！"走着，也退了出去，把门掩上。

刚才被震破的屋顶洒下一片月色来。

李弄道："这你可放人了吧？"他心中盘算：一俟柳焚余放了石派北，他就把方轻霞抓出窗外，柳焚余必定掠出窗外追赶，伏在窗下的江近溪就可以把他杀掉！

——这可不能怪他食言！柳焚余不是正道中人，对付邪派，自当如此。而且，他也不算毁诺，因为他虽没放方轻霞，但也没杀她啊，杀这小荡妇是方家人的事！而且，就算自己不守诺言，这也不是自己反悔，而是对方没听清楚，他不是一早说过了吗？"我说过的话一定算数"，这可不是"算数"了么！

柳焚余转过身来，月光从破洞洒在他散发披肩，像一缕剑魂或什么的，反而不像个人。

只听他说："你说过的话……"

李弄笑道："一定算数。"

柳焚余大喝一声："好！"竟把石派北丢出窗外，迎面撞向李弄！

李弄着实吃了一惊，但他身为黄山派副掌门，武功何等了得，居然单手把石派北平平托住！

可是伏在窗下的江近溪，以为是柳焚余扑了出来，为李弄解围心切，一刀向石派北背心扎了过去。

石派北穴道被封，自然挣扎不得，李弄心下一凛，知道若伤了石派北，只怕括苍跟黄山及青帝门，难免有误会，忙松了扣方轻霞背心的手，一把抓住江近溪的匕首。

江近溪的身形一冒上来，也冒起了柳焚余的心头火气。

他本来把石派北扔出窗外，只为预防万一，但见李弄单手接下，另一手依然不肯放开方轻霞，便知其意不善，加上江近溪躲在窗下显然意图伏击，这使得他凶性大发，一刀破窗飞出！

江近溪被李弄抓住兵器，呆了一呆，借月色一照，发现原来是石派北，险酿成大错，心弦震动，就在这时，背后有破空之声急至，正在闪躲，右手又被李弄扣住，只来得及侧了侧身，这一刀已插入背后。

江近溪闷哼一声，倒下。

李弄也不由心慌意乱，把石派北扔往正赶过来的程无想后，一个让身，接住江近溪，一连串翻滚，横掠了出去，这才弄清楚江近溪被一刀砍中后胁，几破体而出，伤势甚为严重。

李弄一时也弄得心气浮躁，忍不住破口大骂："那杀千刀的……"

这时程无想已解了石派北被封的穴道，掠了过来，石派北脸色铁青，大喝道："姓柳的，滚出来！"他名动江湖，却给一名小丫头暗算，连出手的机会也没有，给人当众胁持，丢尽了颜面，还当作球儿一样扔来扔去，这使得他连李弄也恨上了，同样对程无想也不例外，只觉得两人一起进去对敌，自己因为站在前面，所以才遭受暗算蒙辱，程无想却丝毫无损，令他好生不忿。

对柳焚余，他更恨不得把他杀千刀斩成肉碎方解除心中之恨。

程无想冷冷地道："他固守在屋里，比冲出来聪明得多了。"

石派北怒道："他做缩头乌龟，我不会进去把他的狗头扯出来么！"

李弄心气稍平，道："姓柳的有一招'自残剑'，先伤己，后伤人，很厉害，势难独当，还是谋而动的好！"

石派北因为受辱，一心要泄忿，而且认定刚才是遭了暗算，早已没把柳焚余放在眼里，更何况他知道柳焚余受伤不轻，当下便道："你们要怕，让我独个儿揪他出来便是！"

程无想听石派北口气大，心里也有气，心想：要立功，我早就可以趁你被挟持时向姓柳的出手了，保全了你一条性命，还不识好人心呢，嘿笑地说："你既一定要进乌龟壳里揪人，我们就在壳外听报捷信吧！"

石派北听出程无想讥刺之意，也不答话，全身弓缩于剑后，剑尖向前，蓦然之间，隐有雷动之声，石派北全身衣袂向后急扬，而剑身愈见利亮。

程无想知道石派北要施展括苍派"御剑之术"，破屋而入，知道非同小可，也不再多说什么，心中暗暗警惕：石派北确是一个劲敌。

李弄本想劝阻，但一见石派北这等声势，心里也生了一种袖手旁观之心，走开一旁。

石派北大喝一声，人如脱弦之箭，飞射出去，破屋而入！

石派北不但对自己"御剑之术"自恃，而且，也弄清楚了屋里的情形，柳焚余的伤势及方轻霞的武功。

他肯定自己这一记"人剑合一"无比的声势能够将柳焚余的残躯余喘摧毁！

他断断没有料到，屋板一旦裂开，迎面就是一张大棉被罩来！

棉花蓬飞，棉胎也被剑光绞碎。

但在棉花纷飞中，石派北顿失柳焚余所在，而剑气也被消去大半。

就在这时，他骤听背后有剑风。

石派北猛然反身，剑飞刺出！

不料柳焚余这一剑，却并非刺向他，而是刺在自己臂上。

石派北呆了一呆，而就在这刹那间，柳焚余的剑和着飞血，疾卷了上来，既粉碎了自己的剑势，再刺中了自己。

石派北只感到痛楚，他还没弄清楚自己到底伤在哪里，已经疾退！

他退得快，剑光也追得快！

他只觉又一阵热辣辣地痛，这次是清楚地感觉到是痛在腰际！

他虽然疼痛，但疾退得更疾！

当他背后"砰"地撞出窗缘之际，腿上又是一痛！

所以他退身落在窗外时，几乎立足不稳，不过，柳焚余并没有追出来。

程无想和李弄，已经蓄势待发。

李弄就在窗外，等柳焚余出来。

程无想站在溪石高处，仍监视全屋，免得柳焚余调虎离山，从另一边逃走。

石派北狼狈跃出，正想叫嚣几句，挽回面子，忽然间，腰畔、腰际、胸前、腿上，一齐飙出了大量的鲜血，其中有一处剑伤，连石派北都不知道何时挨了剑！

他惊恐地张大了嘴，李弄向方离喝道："快替他止血！"

然后转首向程无想道："姓柳的不简单！咱们两人，不可闹意气，一定要联手！"

程无想知道李弄的意思。江湖上白道总盟"刀柄会"是由"青帝门"、"飞鱼塘"、括苍派、点苍派、黄山派、雁荡派六大系组成的，谁也不服谁，外表团结，偶有明争，内有暗斗，其中群伦之首"青帝门"日渐式微，改作"无助门"，逐渐唯"飞鱼塘"马首是瞻，较能服众，不过其余四派，尤以点苍、黄山、括苍互不相让。

此际面临柳焚余如此大敌，大家都知道一定要先团结起来，解决了他再说；这时"无助门"江近溪已重伤，"括苍派"石派北也血流如注，能应战的高手只有两人，若这回仍让柳焚余走脱，他日准教江湖上人笑话：四大门派高手合力，居然还解决不了一个淫贼！

程无想凝重地颔首。

焚烧

第壹叁回

其实，柳焚余在把石派北扔了出去又伤了江近溪之后，转过头去，捧着方轻霞泪痕满颊的脸蛋儿一字一句地道："我这一世，都欠你的，为了你……"

其实，柳焚余在把石派北扔了出去又伤了江近溪之后，转过头去，捧着方轻霞泪痕满颊的脸蛋儿一字一句地道："我这一世，都欠你的，为了你，我会全力逃出去，然后随你怎样就怎样，只要你为我生一个白白胖胖中状元的儿子，不要像他老子。"

他看着方轻霞眼里的两盏星星，怅叹着说："来，你帮我个忙，最先攻进来的，一定是不甘受辱的石派北！"

能成为一个好杀手，武功好可能还不如知道别人的武功有多好来得重要。

有人曾托柳焚余杀石派北，他因而把石派北的武功、脾气下过一番苦功去研究，最后他回绝了那人的相托，一是因为对方出的钱还不够多，二是因为他没有十分的把握。

为了不太可观的银子去杀一个没有太大把握的人，柳焚余是一向不干的。

他也没有想到有一天会跟石派北真的对上了，而他所研得的数据，也适时出现在脑海中。

他叫方轻霞飞上屋梁，剑光一现，就把棉被罩下去。

石派北被消去了锐气，而柳焚余用"自残剑法"重创了他。

不过柳焚余也脸色惨白，摇摇欲坠。

他受伤本重，失血过多，而"自残剑法"以伤痛激起斗志，能把战力发挥至最高，不过既伤体力，更耗精神。

方轻霞知道他的伤口最重的几处还是自己伤的，挽扶问道："你怎么了？"

柳焚余苦笑道："只怕……只怕不能带你突围了！"

方轻霞哭了出来。

柳焚余忽道："你走吧！"

方轻霞愕然。

柳焚余勉力挤出一丝笑容道："你走！不要理我！你是方家的人，看在方老侠面上，他们谅不致要杀你……你快走吧，别受我牵累！"

方轻霞忽道："好，好！"伸手在床上抽出蝴蝶双刀，往咽喉就割去。

柳焚余大惊，急忙扣住方轻霞双手，厉声问："你干吗？"

方轻霞漾起一片泪光，咬牙笑道："我这是……不孝不贞……你要我走，就算活着，又有什么颜面做人！"

柳焚余悚然道："都是我不好！好，我们就一起死在这里，也比受辱的好！"

方轻霞毅然抬起脸，她清纯的脸靥因忽至的忧患，使得她的哭泣更令人心碎："不，一起冲出去！"

柳焚余抚摸着她的脸蛋，苦笑道："不行，冲不出去的，我……此刻绝不是程无想和李弄两人联手之敌……"说到这里，心中一栗：怎么自己一旦动了情，连生死都那么负累，全不似以前的狠劲！但明知如此，却又无法说拼就拼。

方轻霞依偎在他胸前，声音蒙在他胸膛里："那他们会对我们怎样……"

柳焚余轻抚她的乌发，觉得触手一片凉冷，一片轻柔，他从来没有碰触过那么清凉和轻柔的头发。

他叹息地道："我也不知道……也许他们以为一把火，能逼出我们吧。"

李弄沉声道："放火！"

方离吃了一惊，道："万万不可，三妹……她还在里边！"

李弄霍然回首，瞪着他道："她是你妹妹，你管教无方，还好意思提她！"

方离垂下了头，又转首望向方休和古扬州，希望他们能为方轻霞说话。

方休恨声道："这里的事，我们能说话么！轮到我们来说话么！"

李弄笑道："方贤侄不要这样说，柳焚余这厮厉害，贸然冲进去，恐为其所伤，不如放一把火，把他们逼出来再说。"

方休道："要是给我过去，我才不怕他呢！"

李弄冷笑道："难道贤侄的武功还能高得过石大侠么？真要进去送死，我们也不拦阻！"

方休正要说几句逞强的话，方离忙喝止："老二！"

古扬州却道："我不许你们放火！"

李弄扬眉时现了一额皱纹，反问："哦？古少侠不想报父仇么？"

古扬州道："我不想烧死方姑娘。"

李弄怪笑道："方姑娘的事，她哥哥也管不了、不管了，古少侠反倒要管么？"

古扬州红着脸道："她……她是我……未过门的老婆……"

李弄哈哈笑道："这个……老婆么？似乎……已经不是古少侠……你的了……"

古扬州怒得结结巴巴地道："我不管你的、我的……我……我……我总不能眼巴巴看她被烧死呀！"

李弄冷笑道："古少侠可真会怜香惜玉，替人玉成好事啊！"

古扬州蛮脾气一起，拍胸膛道："我不管！谁烧死她，就得先烧死我，说什么，我还是她有名有分的……老公……"

李弄嘿笑道："有名分，无实际。"

古扬州气得凸出两只牛眼，扬耙怒叱："你说什么！"突觉背后三处要穴，给人同时封住，"啪"地栽倒了下去。

站在他后面的是程无想。

李弄笑道："还是程兄想得周到。"

程无想拍拍手掌道："周到不如李兄，只是这样做干脆一些。"

方离脸色变白，嗫嚅着期盼二人收回成命："这……这一烧……只怕……附近几户人家……都得遭殃……这不大……不大好吧……"

程无想道："我们早已把屋里的人请走，远处几家，不会波及，如果火势猛烈，他们也不会蹲在屋里等烧死，猪牛狗羊猫，值几个钱？烧死了便赔了算了，这里的温泉不会烧干掉，屋子可以重新盖过，有什么不可以的？"

方离皱着眉道："可是……"

程无想截断道："方大公子，做事不能太偏私、太过温情，你妹妹早已背叛'大方门'，叛忤淫贱，你再护她，也担待了个污名。"

方离垂首无语。古扬州穴道被封，却仍能说话，大叫道："轻霞，轻霞，快逃！快逃啊，他们要放火——"

程无想一脚，踹住了他的"哑穴"。

方休冷笑："我没有这个妹妹，也没有这个妹夫。"

程无想却走近他，淡淡地道："你也最好别多说什么，免得我把你像古少侠一样，再加一脚，踢入火场，让你和姓柳的到地府里对决去吧。"

方休闭上了嘴，但满目都是恨意。

古扬州大叫的时候，在屋里的柳焚余和方轻霞都听到了。

方轻霞饮泣了起来。

柳焚余抚着她肩膀，觉得好瘦，他把手贴近她的面颊上，心里很疼，轻声道："不要害怕……"

方轻霞轻泣道："不是害怕。他……还是关心我的。"

柳焚余怔了怔，随即明白了她的意思，"哦"了一声，但心里泛起一阵茫然，觉得他不应该得到她，从侧脸望过去，她还是那么幸福那么甜，眼睛向着可以看得见星星闪亮那边……他还是感觉得到她是犹如一场梦一般。

就在这里，火光闪耀。

——他们终于放火了!

——我不能连累她跟我一起丧身火海!

他拉起方轻霞，按剑疾道："我们要不要冲出去!"

方轻霞却像月亮一样平静，两眼像星星般眨着，像水晶的艳魂般地望着他，问："你出去后能敌得住那两人?"

柳焚余不忍心骗她，只好道："不能。"其实他还是隐瞒了事实的主要真相：他如果单独冲出去，未尝没有一线生机，但跟方轻霞一起闯出她就断无生理——那是因为点苍程无想的暗器。

——在火光中，程无想的暗器在暗里发出来，自己纵侥幸逃得过去，方轻霞也难免于难，而且程无想发射暗器的目标绝不只向自己!

方轻霞忽然紧拥着他，把脸贴近他胸前："那么，我们烧死在这里吧。"

这句话有一种轰轰烈烈，震得柳焚余脑里"轰"的一声，他拥紧方轻霞，抚着她的发，感受着她的心跳，也不知怎的，柳焚余自小家破流浪，迄今才真正有了家的感觉，那感觉像过年除夕一家团圆的爆竹声和饭香，然而，此刻他们所处身的这个"家"，正在从不同的地方猛地跃出火舌，耳际传来的是烈火把木瓦摧焚的火啸，还有被困在焚笼里不能出来的禽兽哀鸣，鼻端所闻的也是火焰尖辣的焦味，空气里被浓烟密布，由于想咳呛，所以肺部有一种突然暖起来的感觉，不知为什么，柳焚余却感觉到孑身飘泊终于有了归宿的感觉。

方轻霞已开始微微咳嗽。

她每咳一声，仿佛就震响他心弦一下，柳焚余觉得心疼，忍不住护着方轻霞，心里忽然有一个极虔诚的祈求：李布衣不是说我的手掌能逢凶化吉、绝处逢生吗？

——要是这趟我不会死，她也一定死不了，我宁愿……

他不禁呻吟出声："宁愿不再杀人，多积善行好，扶弱济贫，尽我一生……假使我们能活过这一次。"但火势已十分猛烈，就算武功再高，也断冲不出火海。

方轻霞已开始被浓烟熏得流泪，喃喃地道："假使我们能活过这趟，一定……"忽听在木毁柱焚的焦裂声外，大哥方离的声音一直唤着她，要她逃出来。她软弱地叫了一声："爹——"柳焚余一生作事，绝少后悔，但听得方轻霞哀怜的一声喊，直懊悔得想把剑投入火海。

就在这时，威厉的火啸声外传来激烈的掌风与吆喝之声！

——有人在外面动上了手!

柳焚余心中正惊疑不定,骤然间,窗边的火势似遇着雪覆冰盖一般,火焰低降,柳、方二人同时感觉到足履下湿了一大片。

——有人震开堤石,将溪水引注,潭水涌流,灭了大火!

柳焚余实在想不出谁还会这样冒险救自己。

柳焚余和方轻霞互望了一眼,眼光里交错了很多错综复杂的感觉,才知道绝处逢生后还有爱情伴着是件幸福得要流泪的事。

此际,"砰"的一声,一人撞开着火的板,掠了进来。

柳焚余举剑。

那人以青布蒙面,只喝了一声:"逃!"

柳焚余道:"壮士——"

那人截道:"我来断后,快向虎头山尾棱方向逃,我会找你们的。"

他这句话说到一半,"呼、呼"两声,两人已一左一右,破余烬的板砾而入。

左边的是程无想,他一扬手! 数十点寒光飞出,打向那人!

那人忽深吸了一口气。

他吸气之声,连掠出丈外的柳焚余都可以听得一清二楚。

他双掌拍出,掌风本身并不怎么,但他卷起地上的瓦砾余烬,一齐飞卷向程无想,甚至连程无想刚发出的暗器,也倒射回去。

程无想脸色变了。

他唯一的办法只好从冲进来的地方倒飞出去。

李弄从右边掠入,却不对付蒙面人,二指箕张,双臂振动,急扑向柳焚余。

柳焚余反身，剑尖向内，要与李弄全力一拼。

却在此时，蒙面人已一招间逼退程无想，又深深吸了一口气。

这特异的呼吸声，使李弄情知不妙，忙舍柳焚余而回身，就看见蒙面人向他遥发一掌！

柳焚余趁此拉着方轻霞的手，越出了窗外！

他临掠出前看了战局一眼：就在这一瞥间，他已经可以肯定，这个来救他们的人，应付程无想与李弄的合击，绝对绰绰有余。

他掠出窗外之时，有人大叫："三妹！"

柳焚余稍稍顿一下，因为在这电逝星飞的刹那，他想到一件事，现在要不要把方轻霞交给方氏兄弟呢？此刻他已为江湖上、武林中黑白两道均为不容，带着方轻霞，岂不让她受苦？

他只是犹豫了一下，就触及方轻霞的目光：方轻霞偏着头看着他，虽然憔悴，但神色完全是沉浸在劫后余生长相厮守的幸福里！

他不再疑虑。

这时，一道巨力挟着尖啸，迎头劈下！

柳焚余冷笑一声，剑光后发先至，古扬州要打中他，自己额上先得穿一个窟窿；古扬州怒吼一声，用耙柄一架，"玎"的一响，星花四射，柳焚余已拉方轻霞掠过了他身旁。

方休怒喝道："看刀！"

他的刀光甫现，柳焚余已经掠起，越过他头顶，后足在他背后一蹬，把他踢趴在地上，拉着方轻霞，越过决堤的潭水，往丛林潭去。

方离在潭边陡掠了出来。

方轻霞叫了一声："大哥……"声音凄婉无奈。方离没有出刀。

他痴痴地望着柳焚余和方轻霞的背影，越过溪流，对岸山腰间的枫树，给晨曦染上一片酡红，宁静得像秋的恬睡，从来也没有人进去过惊醒它。

第壹肆回 一念之间

　　两人沿溪谷而上，走入枫林深处的秋意里，从棱形的叶缝隙望出去，山顶上的积雪分外逼寒。两人鼻息冒着热气，双颊都滚烫地烧热着……

两人沿溪谷而上，走入枫林深处的秋意里，从棱形的叶缝隙望出去，山顶上的积雪分外逼寒。

两人鼻息冒着热气，双颊都滚烫地烧热着，然而衣褶仍凉飒飒的，山上的潮湿感染了袍褶衣袂，更有一种秋晨的沁寒。

方轻霞俯望下去，山下风景明媚如画，看不见刚才逃出来的火场，只有平地远处几缕余烟，倒像旅人歇马后踏熄的篝火。

这样俯瞰着，便不由起了一阵昏眩。

"我头晕……"她这样迷离地说，心中泛起了无由的幸福。"我们……逃出来了……"仿佛可以重生，跟柳焚余远走他方，忘了一切恩仇。

她天真地问柳焚余："记得你说过，要是死里逃生，要做什么吗？"

柳焚余冷冷地道："那也要有机会让我们做……"

他的眼光如豹子，双眉更加飞扬的彩羽，喝道："滚出来！"

方轻霞悚然而惊。

只听枫林深处，有一阵轻微的声音，乍听不知是什么，细听才知道是有人在挑指甲的声音。

柳焚余面向枫林深处，如临大敌，那儿的地上铺了层层枫叶，清晨的露水更散发出甜厚的泥香。

柳焚余忽向方轻霞低声道："如果这次还能活着，我跟你归隐田园，行善为乐，再不杀人。"

方轻霞惴然着依恋，眼光浮着期许和泪："你说什么，我都依你。"

柳焚余环着她肩膀的手忽紧了一紧，紧了一紧之后，就陡放开了手，剑尖指地，道："项雪桐，别再装神弄鬼了，你出来吧。"

枫林的深色树干点缀着微金的酡红叶层，忽然间，簌簌地掠起几只无名的晨鸟，疾投入天空中。

柳焚余一震，乍地，背后急风掩扑而至！

柳焚余全身都在备战的状况，此际，就算有一颗石子飞击到他的身上，也得被真气激飞。

他一直注意前面枫林里指甲轻弹的声响。

背后那一剑实在太突然。

可是柳焚余仍能后发而先至，人急转身，一剑刺穿了穷计的咽喉。

穷计手中的巨剑，呛然落下。

但柳焚余背后已多了一柄剑。

剑尖指着他的背心。

柳焚余没有动，更没有回头。

方轻霞一声惊呼，拔出双蝴蝶刀，正待救援，一个像枫一样凄美而身轻如枫叶的女子，用一片枫叶似的兵器，打掉了她的双刀，挟持着她。

方轻霞如果不那么心急着要救柳焚余，大概还能在杀手项雪桐手下"四大杀手"中的危小枫"枫叶挝"下多走几招的。

用剑指着柳焚余的人，当然便是"富贵杀手"项雪桐。

项雪桐啧啧有声地道："唉，你受伤过重，流血过多，反应不灵便了。"

柳焚余脸上青筋搐动，道："牺牲自己一个手下来擒住我，对一个身受重伤的人而言，是不是太划不来一些了！"

项雪桐笑道："你错了。"

他温文地笑笑又道："我不是擒住你，而是要杀你；不过——"

他温和地说下去："在你未死之前，看着你心爱的人，如何受辱，才可以偿我那些兄弟死在你剑下之愤。"

他说完这句话，枫林里又出现了两个人。

负伤的老萧和黔娄一屈。

他们看着方轻霞，那种神情，令柳焚余像一头受伤的兽一般嘶叫起来："杀了我，放了她！"

项雪桐摇首笑道："没那么容易。"

忽听有人叹息道："放了她。"

同时间林中人人都听到有人深深地吸了一口气。

项雪桐叱道："小心——"

他说得快，但仍迟了，一蓬枫叶，像被龙卷风卷起一样，全罩在危小枫面上。

危小枫尖叫着拨去脸上枫叶的时候，手里的方轻霞已经不见。

方轻霞落在另一个人的手上。

这个人同时间向项雪桐刺出一杖。

项雪桐回剑自救，那人杀意的一杖变成了救人的一击，把柳焚余拨了开去。

项雪桐自救的一剑倏转而成飞刺，疾取来人脸部，来人慑危小枫而救方轻霞之险、退项雪桐而解柳焚余之危，都不过是在刹那间的事。

他的竹杖从杀招改成拍走柳焚余，看去平淡无奇，实是最难做到的一点；同一招里，其杀气之大足以使杀人无数的项雪桐不敢撄其锋，却在霎时之间成了救人的一击！

他以竹杖救走柳焚余，也不及回杖自保，只一偏首，项雪桐一剑不中，但挑去了他的面罩。

柳焚余叫道："果然是你，果然是你！"

那人笑道："不就是我。"出语间杖点如风，逼退了黔娄一屈和老萧的袭击。

那人当然就是李布衣。

项雪桐的脸雪也似的白，道："布衣神相？"枫叶映得他白袍朝霞般红。

李布衣向他道："不要再杀人了，回去吧。"

项雪桐冷笑道："猫在花下，意在蝴蝶，李神相的杖法只怕还要在相法之上。"

李布衣道："我相法也不错，你神态间流露不凡气概，可惜骨格未免单薄，回去吧，多行善事，少造杀戮，免遭杀身之祸。"

项雪桐冷冷地道："我可是不听唬的。何况……看来你身受的伤还没好全。"

李布衣淡淡地道："我可没有唬你……我的伤的确没好全……但要杀你还是不难做到。"

项雪桐指着柳焚余道："这种人背叛反骨，又奸淫好色，古长城、方信我先后死在他剑下，为黑白二道所不容，这种人你也救下？"

李布衣目光湛然，一字一句地道："梅花湖畔，他救过我一命，刚才我在火场中，已救回他一命，彼此两不相欠。"

老萧厉声道："既然你们已两不相欠，你为什么还来冒这趟浑水！"

李布衣道："因为我们是朋友。"

柳焚余生命的火，霎时间在眼瞳里点燃如炬。

李布衣继续道："我不能眼看我的朋友在他人以众击寡的暗算下死去，而且，我这次救他，是为了方姑娘。"

方轻霞还是又小又可爱的偏着头望着李布衣的侧脸，这江湖沧桑的一名汉子，曾在"大方门"前，几乎挨着了她一刀，但后来却仗义出手，使自己不落入刘家父子的魔掌里，现在又使自己不致失去了柳焚余，她心中不全是感激，反而有着许多奇妙的感觉，觉得李布衣天生就是上天派下凡来的，她的贵人，一切艰一切危他都能替她扶渡。

项雪桐的指甲又发出"啪、啪"的响声，狠狠地道："李布衣，冲着你的面子，这趟我便饶了他！"反身便走。

李布衣拱手道："多——""谢"字还未出口，项雪桐反肘出剑，直刺李布衣胸膛！

李布衣身子突然一缩。

剑尖已在他胸襟上刺穿了一个洞，但仍未入肉，李布衣已经飞了出去。

他倒飞得极快，枫叶闪晃着黄亮的金红，他飞上树干，剑光追上树干，他飞上枫叶，剑光追上枫叶，他闪到树后，剑光转入树后，无论怎样闪躲，剑尖始终离李布衣胸膛不过半寸，李布衣始终避不开去，项雪桐也始终刺不进去！

两人衣袂袅动，急掠飞闪，枫叶因风动而在旭阳下簌簌而落。

李布衣的竹杖忽然发出尖啸。

项雪桐却没有理会，在杖影如山中，他依然想一气呵成专心一致地把李布衣刺杀于剑下。

他非常清楚要是这一剑杀不死李布衣，那么以后就更难有机会杀死他。

李布衣仍在退。

他面向着项雪桐，却似背后长了眼睛，一下子到了枫叶之上，一下子到了落叶之上。

他去到哪里，剑光就追到哪里。

项雪桐仍在追。

一追一退，蓦然，李布衣身后出现了两个人。

老萧和黔娄一屈。

这两人同时出手，狙击李布衣，也同时塞死他的退路！

李布衣突然掉了下去。

平平地掉在地上。

老萧一拳击空，想退，李布衣竹杖自下而上，杖尖顶住了他的下颔。

黔娄一屈像变了一块会颤抖的石头：畏惧而不敢再动。

项雪桐抽剑。

血泉自老萧体内激喷，老萧惨呼倒下。

项雪桐脸色极其难看，李布衣仍在地上，他却没有再出剑。

他目光注视着地上刚掉下来的几片枫叶：刚才在追杀李布衣的时候，这几片枫叶刚好落下，那时李布衣的竹竿动了，他却不感到损伤。

然而这些枫叶都被刺了一个洞。

——李布衣既然能在敌手的剑离胸前不及半寸的情形下，洒然以竹杖刺中每一片落叶，要杀自己，决不会难！

所以项雪桐道："你为什么不杀我？"

李布衣在地上缓缓收杖，徐徐站起，笑道："我为什么要杀你？"

项雪桐忽然跪了下来，叩首道："谢谢你不杀之恩……"

李布衣忙过去搀扶，道："怎能——"剑光一闪，项雪桐又已出剑！

这一剑不但出乎意料，而且距离又近，李布衣已不及闪躲。

但"噗"的一声，一截带血的剑尖，就自项雪桐的胸口凸露出来。

鲜血，一下子便染红了白袍。

项雪桐那一剑，突然泄了力。

他突露着双眼，喉咙格格有声："你，你，你——"

在背后出剑的柳焚余道："你是一个好杀手，明明杀不死的人你也一样可以杀到；可是，你忘了，我也是一个好杀手，别人杀不到的人我也一样可以杀掉。"

项雪桐仆倒下去的时候，柳焚余冷冷地对李布衣说："你救过我两次，我也救了你两次……"

李布衣叹道："我们还是两不相欠。"

柳焚余道："我们本就谁也没欠过谁。"

这时，枫林里躺着的是项雪桐、老萧和穷计的尸体，黔娄一屈和危小枫，早已在项雪桐血溅之时远远地逃了开去。

柳焚余道："你的伤好了吧？"

李布衣用手在胸口捂了捂，笑道："死不了。"

柳焚余虽然身上血迹未干，但他的笑容是高傲的，两撇眉毛更是光彩而傲岸："你说得一点也不错。我的命，天生下来就是逢凶化吉，转危为安，不会有绝境的。"

李布衣道："这句话，我说得很后悔。"

柳焚余道："你怕不灵验么？我可相信得很！"

李布衣道："我就是怕你太相信，所以，行事太不留余地。"

柳焚余笑道："要是我不留余地，我就迟一些出剑，让项雪桐杀了你，然后我才让他死，岂不更好？"

李布衣道："承蒙你留我一条命，不过，我仍是要跟你讨回两条性命。"

柳焚余微微一震，五指又扣住剑柄。

李布衣一个字一个字的在口中清晰地吐出来："她父亲和古二侠的命。"

柳焚余笑了笑，他的脸色奇白，像抹了一层粉似的，仿佛笑容牵动脸肌，脸上的粉就会簌簌落下似的，所以不敢多笑，然而这一笑在带血而有男儿气的脸上，看去有一种潇洒的倦意。他的剑尖已倒向自己，是先伤己后杀敌的"自残剑法"起手式。

他道："来吧。"

方轻霞只觉得一下子梦碎了，满天枫红，像碎了的梦，留下的残痕，褪了色之后还要艳丽凄怆一番，一如夕阳道别时候在西天挂上的艳红。

她叫道："不要。"

在枫林深处，她的语音像小女孩在大风里喊了一声，传出很远，但声音微弱得像歌曲的余音。

李布衣忽然长吸了一口气。

在这深长的呼吸里，一下子，人物都像扬掌下的蚊蝇，在等待一触下的即发。

但李布衣却没有出手。

他长叹道："你若死了，看来，方姑娘也不能活，我总不能杀两个人，而她爱你，并没有错。"

他看着转悲为喜的方轻霞，那么可爱玲珑的一张脸，多情而无邪，不论有情无情都漾着灿目可喜的光华。李布衣叹道："我不能在你受伤的时候动手，那两条命，暂且寄住……你，你好好待她……"

李布衣说罢，向方轻霞笑了笑，觉得把无限的祝福，都在笑意里交给她了，才转身行去。

但柳焚余却叫住了他："李神相。"

李布衣徐徐回身，柳焚余垂下了头，把剑柄向着李布衣递过去："我今后……再也不动剑了。"

李布衣心中有一阵无由的感动。柳焚余弃剑，真的就能幸福吗？他每次看到解甲归田、弃剑归隐、金盆洗手的人物，大都曾叱咤风云于武林，谈起江湖旧事，不胜感慨，不管对江湖风波、武林仇杀如何厌弃，但对当日纵驰沙场、刀口舐血的日子，都无限追怀，仿佛在那时候才是真正活过。自己想不涉江湖已近十年，但仍在尘世中打滚，想到这里，不无感慨。

——柳焚余这么年轻就弃剑，也许从此就能自求多福，免去灾劫，但以柳焚余的杀性，会打熬得住吗？他日，会不会后悔今日的弃剑？

他这样寻思着的时候，并没有注意柳焚余的眼睛。

如果他有注视到柳焚余的眼神，就会因对方的杀气而警惕。

柳焚余此刻正有数十个念头在脑中闪过：其中包括弃剑、遁迹，与方轻霞双宿双栖，还有自刎以偿还古长城及方信我之死……然而其中有一个意念，一旦出现，即刻成形，特别强烈：杀了李布衣！

——只要杀了他，便不愁他日有人会找自己报方、古之仇了……就算有，他们武功都不如李布衣高，他可以应付得绰绰有余……

——李布衣武功虽高，但防人之心不足，此际正是最好时机！

柳焚余一旦想到这个意念，心头宛被火燃灼着，意志强烈得要尖啸，手心也在痒着，心中狂喊：杀了他！杀了他！只要杀了他，一切事情便了结，自己便可与方轻霞双宿双飞，过着神仙也似的生活——自己本来就是杀手，多杀一人免去后顾之忧，有什么好顾碍？

——更何况李布衣说"两条生命，暂且寄住"，这岂不是等于说他日等他伤好，还会来取他性命？

——既然如此，先下手为强！

这些意念，形成挣扎，像把五毒放在一个罐子里，互相咬噬，最后只剩下一只最毒的，仍能活着，而且更强，但这都只不过是片刻间的事，柳焚余便已决定了要趁此除去李布衣！

这时李布衣正伸手接剑。

柳焚余蓦然出剑。

剑先刺在自己腿上，神奇似的反挫，和着鲜血直取李布衣的咽喉！

李布衣完全不虞有这一剑！

他甚至还错觉柳焚余要自尽，还想和身去抢救那一剑。

却就在柳焚余交剑未出招的刹那，枫树上籁地一闪，一人自上扑下，一刀向柳焚余背部斫落！

柳焚余大叫一声，挨了一刀，拼尽余力，把刺向李布衣的一剑反射，刺在来人胸膛！

两人一起血溅，喘息倒下。

血，染得枫更红。

柳焚余艰辛地回头，只见突袭的人是大头浓须，满身血污的翟瘦僧。

翟瘦僧惨笑道："你……暗算了我……我也暗……暗算你……"

他在"芜阳饭店"被柳焚余重创，但仍逃了出去，后来又跟黄山派李弄交手，负伤更重，但翟瘦僧这人生性剽狠，难以擒杀，李弄只好放弃，赴宝来温泉包围柳焚余，没料翟瘦僧心存报复，暗里跟了回去，却见柳焚余重伤逸出，便放弃暗算李弄，誓必先格杀这大仇人方才罢休，一直追踪到枫林后，眼看柳焚余就要被自己同道所杀，却半途杀出个李布衣，局势大变，而他自己也伤重不支，知难活命，无论如何也要手刃大仇才死得瞑目，便不顾有李布衣这一大高手在，趁柳焚余交剑之时，飞跃下去斫杀柳焚余！他哪里知道其实柳焚余交剑李布衣是假的，要杀李布衣才是真的！

柳焚余却因全神对付李布衣而吃翟瘦僧一刀。

而他蓄力待发的一剑也结束了翟瘦僧的性命。

翟瘦僧死了。

但他知道仇人也活不了。

他死得瞑目。

方轻霞这时才尖叫了一声，怔怔地跪了下来，看着血污中的柳焚余。

柳焚余挣扎着，强笑着对方轻霞道："我不会死……我不会死的……李布衣说过，我的手掌，有玉新纹保住，还有……阴骘纹……我不会死的……"

他一面说着，一面扬起了手掌。

就在此时，他也看见了自己的掌心。

因为掌中沾满了血，掌纹反有一种惊心动魄的深明，仿佛是盖满了朱砂的一个鲜红的掌印，然而柳焚余赫然呼叫道："怎么——!?"原来他掌中的阴骘纹已消失不见，护在生命线断折处的方格纹也隐减了，纹断处愈见缺破。

柳焚余骇然呼道："掌纹——!"

他吃力地把视线从掌纹移向方轻霞，似有千般话要说。这刹那间，生命突然自他的掌纹绝袖而去，离弃了他。

李布衣喃喃地道："相由心生，心为相转。"

柳焚余这些年来，不但当了杀手，而且最近还杀了方信我、古扬州等，甚至连无辜农夫都不放过，而今又想杀李布衣，终于落得了个英年早逝的下场。

李布衣眼见柳焚余猝杀自己不遂，反而身死，无限感慨，但他更注意着方轻霞，因为他知道，这小姑娘的性子烈，重情义，柳焚余死了，难保她不会轻生。

方轻霞却用两只手指，徐徐抹掩下柳焚余的眼皮，一双水灵灵的眼睛，却痴呆一片，望着深情地红着的枫叶，在她眼里流出两行清泪，就像造物者不小心把两滴清晨的露珠遗留在她白玉雕成的脸上。

稿于一九八二年十二月。原名《翠羽眉》。

在台以舒侠舞笔名在台湾万盛推出武侠小说。

校于一九八七年六月。

与在台"神州"旧友剑谁七妹、天任十弟、新知叶浩四弟等漫游石门、金山、礁溪、北宜山海线时。

一年前我写毕《风雪庙》等篇，交给金庸过目，他特别提到其中一个人物："方轻霞的性格塑造得很好，可以多写她。"十五个月后我终于替方轻霞写了《翠羽眉》。（即是《落花剑影》），我特别偏爱这个人物。熟知我的人想必知道她像谁。

有读者来信问起"布衣神相"之《叶梦色》故事里写到的几个日本高手，在纤月苍龙轩死后，理应前来中原决战，因何没有了下文？其实，我写《叶梦色》的时候，中日武功忍术斗法热潮的电影尚未开始，待后来看到几部书和电影，不是把日本武术太神化（譬如随便一位日本忍者来了中土，即可把武林首领、各派高手杀得全无招架之力），就是太轻贬对方（忍术阵法只是杂耍、魔术，张口喷火，在土里倏东倏西，扬手放睚耳灿目的飞镖，却一定不会命中，只钉在树干和柱上）。我在十年前曾对日本武术放下过时间与精力，知道不是那么一回事，所以，想写一些中日高手的冲突，但绝不抬高对手，也不轻贱对手。可是，当我写《天威》的时候，有很多的中日功夫电影相继推出，有的成功，有的失败，不过肯定是拍滥了，我不想再凑热闹。所以阵法到《天威》为止，中日武林决战也套用一句传统绣像小说里的话："暂且不表。"

武侠小说写到了这个地步，跟武侠电影一样的，非另创一格不可。我想，在映像上，小说不易超越电影，但在人性刻划上，仍大有可为。前几天半夜，倪匡开车载我去向风望海楼接方娥真，途经北角的戏院，正在上映《生死决》，倪匡问我看了没有？《生死决》真个能够把武侠小说家笔下的意境表现于映像中，导演如徐克和程小东等试图把张胡（张彻的义+胡金铨的侠）结合了，可是，武侠片拍到了这个地步，每一招每一格，俱是演员或替身舍死忘生的动作，每一个镜头，都是电影摄影技巧和科幻特技的苦心造诣，只怕这样下去，已经如《生死决》的最后场面，到了崖边，险险要摔下去。再拍下去，要满足观众的官能刺激，只有往下掉，就算能这样拍又怎样（〇〇七影集早在四年前就拍过了）？不看打斗片的，还是不看，喜欢看的，就算掉下去，也不见得就此满足。我想，纵然电影、电视的武侠片能拍到一伸手指就有青光红光，在特殊的摄影下演员只见骨骼，那也有尽头，不如回过头来，多发掘人性，多表达人情，才是无尽的，踏实的，不只开花也能结果的。武侠，不要再沉耽于杀人的故事罢，小说，到底还是人间的事。

　　稿于一九八三年一月二十四日《四大名捕会京师》拍摄电视剧记者招待会后写。

　　校于一九八七年五月在台解决冒名伪作事件。

　　二校于一九九七年中香港"皇冠"推出《四大名捕会京师》新版及《四大名捕大对决》续作。

　　请续看《布衣神相》。

　　系列之《刀巴记》。

图书在版编目（CIP）数据

布衣神相. 3，死人手指·翠羽眉 / 温瑞安著. -- 北京：作家出版社，2020.8　　（2025.8重印）

ISBN　978 - 7 - 5063 - 6882 - 7

Ⅰ. ①布… 　Ⅱ. ①温… 　Ⅲ. ①长篇小说 - 中国 - 当代　Ⅳ. ①I247.5

中国版本图书馆 CIP 数据核字（2013）第 066420 号

布衣神相——死人手指·翠羽眉

作　　者：温瑞安

责任编辑：李宏伟　秦　悦

装帧设计：合和工作室

出版发行：作家出版社有限公司

社　　址：北京农展馆南里 10 号　　邮　　编：100125

电话传真：86 - 10 - 65067186（发行中心及邮购部）

　　　　　86 - 10 - 65004079（总编室）

E - mail: zuojia@zuojia.net.cn

http://www.zuojiachubanshe.com

印　　刷：河北宝昌佳彩印刷有限公司

成品尺寸：142×210

字　　数：178 千

印　　张：6.5

版　　次：2020 年 8 月第 1 版

印　　次：2025 年 8 月第 2 次印刷

ISBN 978 - 7 - 5063 - 6882 - 7

定　　价：42.00 元